KB089702

나 이렇게 귀엽게 늙으면 좋겠어

나 이렇게 귀엽게 늙으면 좋겠어

초판 1쇄 발행 2023년 9월 15일

지은이 최승연
편집인 옥기종
발행인 송현옥
펴낸곳 도서출판 더블:엔
출판등록 2011년 3월 16일 제2011-000014호

주소 서울시 강서구 마곡서1로 132, 301-901
전화 070_4306_9802
팩스 0505_137_7474
이메일 double_en@naver.com

ISBN 979-11-91382-26-6 (03810)

나
이렇게
귀엽게
늙으면
좋겠어

명랑한 이방인 옐로우덕의 장르불문 에세이

최승연 글·그림·사진

더블:엔

시작하기에 앞서 다음의 내용을 먼저 읽으시면 좋습니다

•

승연, 카밀(Kamiel), 그리고 미루는 한국-네덜란드 다문화 가족입니다. 1973년, 일 많이 하는 팔자인 소띠로 태어난 승연은 무대 디자인을 전공했고 뼛속까지 연극인이라고 생각하지만, 현재는 '옐로우덕'이란 별명으로 글을 쓰고 그림을 그리며 사진을 찍습니다.
1979년, 네덜란드에서 태어난 카밀은 소설과 시를 씁니다. 상인의 명성으로 자자한 네덜란드인답게 짠돌이입니다.
2013년, 한국에서 태어난 딸아이 미루는 말괄량이 삐삐가 롤모델입니다. 카밀이 '아빠와 딸' 프로젝트로 독립 출판한 두 권의 시집에 그림을 그린 어엿한 일러스트레이터입니다.

• •

카밀과 승연은 2009년 말부터 독립적 자원봉사 세계 여행 '채리티 트래블(Charity Travel)' 프로젝트를 시작으로 근 13년간 노마드, 즉 여행자의 삶을 살았습니다. 마음 맞는 사람들과 자연 속에서 예술 공동체를 만들고자 아이가 6개월 됐을 때부터 유럽의 여러 곳을 돌아다녔지만 아쉽게도 운이 따르지 않았습니다. 2015년에는 아이와 여행하며 공연을 만드는 '마마카라바나(Mamacaravana)'란 프로젝트를 하여 프라하 아동극 페스티벌에서 공연했고, 2017년부터 2019년까지는 한국에서 살았습니다. 그동안의 여행에 대해 《착한 여행 디자인》《노마드 베이비 미루》《주소 없는 삶에 대한 40가지 변명》이란 제목으로 3권의 에세이를 출간했지만 귀에 익은 제목은 아닐 겁니다. 이 중《주소 없는 삶에 대한 40가지 변명》은 전자책입니다.

●●●

2019년 12월, 3년간의 한국 생활을 정리하고 다시 세계 여행을 시작하였으나 이듬해 3월, 팬데믹으로 공항이 봉쇄되어 태국에서 5개월을 갇혀(?) 지냈습니다. 2020년 여름, 네덜란드로 왔습니다.

●●●●

지금은 네덜란드 남부의 작은 소도시 덴 보스(Den Bosch)에서 살고 있습니다.

●●●●●

아이가 말했어요. "나는 '노마드 베이비 미루'지, 'stay-in-one-country-baby 미루'가 아니야."
조기교육이란 게 이런 걸까요? 다시 여행하며 살 기회를 호시탐탐 노리고 있지만, 원인 불명의 치통으로 오랫동안 고생하는 카밀의 치료가 우선입니다.

즐겁게 읽으신다면 더할 나위 없이 기쁘겠습니다.

밴 라이프를 즐기던 시절,
포르투갈에서, 2015

프롤로그

다시 쓸 결심

- 이대로는 안 되겠어. 다시 써야지.

밤 11시 반, 집으로 향하는 다리 중간에 우뚝 서서 난 생각했다.

바야흐로 때는 2022년 9월 1일.
돌아보니 여기는 네덜란드였고,
난 여전히 73년생 최승연이었다.
여전히 한국인이고,
여전히 여성이며,
여전히 키가 작고,
여전히 남편과 딸아이와 살며,
여전히 곱창을 좋아하지만 없어서 못 먹는 최승연.

그날은 박찬욱 감독의 신작 〈헤어질 결심〉이 '마침내' 네덜란드에서 개봉한 날이었다. 암스테르담 같은 큰 도시로 가야 볼 수 있을 줄 알았는데 혹시나 해서 찾아보니 놀랍게도 근처 동네 영화관에서 개봉한다고 했다. 영화 시작 시각은 밤 9시 10분. 러닝 타임이 138분이니 영화가 끝나면 밤 11시가 훨씬 넘을 터였다. 하지만 어떠랴, 이 작은 네덜란드 도시에서 한국 영화를 대형 스크린으로 보는 호사를 언제 또 누린다고! 남편에게 "나 늦어"란 메시지만 남기고 바로 티켓을 끊어 극장 좌석에 앉았다. 관객은 나 외에 아홉 명이었고, 이마저도 한 명은 중간에 나갔다. 남들이 자막 보며 줄거리 따라가느라 바쁠 때 혼자 오롯이 즐기는 한국어의 아름다움은 짜릿했다. 세상에, "난 완전히 붕괴됐어요" 라니! 보는 내내 박해일은 변태적 감정을 일으키는 희한한 얼굴을 가졌다고 생각했다. 배우로서 축복받은 얼굴이다. 밀려오는 파도를 헤치며 탕웨이를 찾는 박해일의 절규에서 영화는 끝났고, 그 여운은 돈코츠 라멘의 돼지고기 육수보다 진했다. 구름 없는 밝은 밤, 걸음 하나하나에 박해일과 탕웨이의 얼굴을 꾹꾹 밟으며 온갖 상념을 가득 담고서 터벅터벅 걸었다. 그러다 밤 11시 반, 집으로 향하는 다리 중간에 우뚝 서서 결심했다.

- 이대로는 안 되겠어. 다시 써야지.

그렇게 난 '다시 쓸 결심'을 했다. 그리고 바로 달려와 9월 2일로 넘어가는 시간을 17분 남겨놓고 왜 이렇게 늦었냐고 묻는 남편에게 지금 그게 중요한 게 아니라고 손을 휘저으며 노트북을 열고 한동안 쓰지 않던 글을 미친 듯이 쓰기 시작했다. 무엇을 써야 할지도 모른 채, 그저 써야 한다는 열망만 가득한 채로.

'다시 쓸 결심'을 하게 된 이유는 매우 간단하다. 현타가 왔기 때문이다. 이 천재 감독의 기묘한 영화를 본 후 엔딩 장면의 파도처럼 밀려드는 허무함과 열패감은 막 50세에 접어든 해외 체류자 한국인 아줌마에게 당장 뭐라도 하지 않으면 안 된다는 절박함과 조급함을 끌어냈다. 지금 이 시각, 분명 지구에 존재하는 수많은 예술가는 엄청난 작당을 모색할 텐데, 그림 그리네, 글 쓰네, 떠벌리기만 하는 난 과연 여기서 뭐하고 있는가? 이른바 '예술하고 앉아 있는' 내 자존심이 잠에서 깨어난 것이다.

"지금 박찬욱 감독과 당신을 동급화하는 거요? 자극받는 건 좋으나 영화 하나 보고 이러는 건 좀 오버잖소? 갱년기요?" 라고 묻는 그대여, 제발 그 입을 열지 마오. 아무리 종잡을 수 없는 호르몬이 브레이크 댄스를 추는 아줌마일지라도 여전히 세상을 뒤집어엎을 야망 하나쯤은 품는 법이라오. '내 나이 50이면 뭐라도 돼 있을 줄 알았지!'

작은 자극에도 '여긴 어디? 나는 누구?' 라는 질문은 불쑥불쑥 찾아온다. 어찌 된 게 나이 들수록 더하다. 나이 들면 삶에 대한 확신, 내공, 지혜가 쌓여 현타 따윈 얼씬도 안 할 것 같았는데 절대 아니다. 저녁 만들다가 칼질을 멈추고 멍하니, 거실 청소하다가 창밖을 보며 멍하니, 샤워하다가 샴푸를 뒤집어쓰고 멍하니, 마치 '야, 뭐하냐?!'며 갑자기 뒤에서 어깨를 퍽 치는 친구처럼 온다. 근 13년간 여러 나라를 떠돌며 많은 사람을 만나고 다양한 사건 사고를 경험하는 동안 이런 순간은 수시로 찾아왔다. 질문은 같았지만 답은 상황에 따라 달랐다. 자신 있게 답하기도 했고 어쩔 줄 몰라 벌겋게 달아오르기도 했다. 여러 답을 거쳐 요즘은 이렇게 답한다.

- 나는 이방인이다.

오랫동안 정착을 거부하고 떠돌아다닌 내게 '이방인'은 나를 규정하는 중요한 단어가 되었다. 긍정이든 부정이든 이 단어를 끌어안고 살아야 한다. 이제 난 한국에서도 외국에서도 결코 동화될 수 없는 이방인이라고 느낀다. 문득, 아니 종종, 타인에 의해 느끼기도 하고 오히려 자발적으로 되기도 한다. 이 답은 자연스레 다음 질문으로 넘어간다. 그렇다면 난 이 정체성을 안고 무얼 해야 할까? 어쩌다 살게 된 이 네덜란드란 나라에서 무엇을 해야 할까?

그 전에 우선 '이방인'이란 답을 여러 각도로 바라보며 정리하고 싶다. '다른 나라에서 온 사람'이란 사전적 정의 외에 무엇이 날 이방인으로 만드는지 본질을 사유하고 싶다. 그러면 '뭐라도 하지 않으면 안 된다'는 지금의 절박함과 조급함이 그저 한낮 아줌마가 부리는 히스테리가 아닌 창작의 동력으로 바뀔지도 모른다.

바야흐로 때는 2023년 5월.

돌아보니 여기는 네덜란드고, 난 여전히 최승연이다.

베란다로 나가 월요일 아침 11시의 발그레한 동네를 내려다본다. 구린 날씨를 선도하는 네덜란드지만 날이 좋을 때의 하늘은 이렇게 사무치게 파랗다. 그러자 또 버릇처럼 현타가 온다.

나는 알아서 답한다.

여전히 한국인이고,

여전히 여성이며,

여전히 키가 작고,

여전히 남편과 딸아이와 살며,

여전히 곱창을 좋아하지만 없어서 못 먹는 73년생 최승연이라고.

거기에 하나를 더한다.

여전히 이방인이라고.

그러자 또 쓰고 싶다. 혼자 품고 있기엔 너무나 아깝고 사랑스러운, 즐겁고 씩씩한 이방인의 삶을. 그래, 현타야, 자주 오너라. 자주 와서 계속 쓸 수 있게 힘을 주렴.

게으른 50살 아줌마를 움직이게 한 훌륭한 영화를 만드신 박찬욱 감독님과 다수의 거절에 풀이 죽은 채 하드 드라이브에 묻힐 뻔한 내 글에 구원의 손길을 뻗으신 더블엔 출판사 송현옥 편집장님과 묻지도 따지지도 않고 절대적 사랑을 주는 내 가족에게 감사의 마음을 전하며, 이 책이 여러분의 현타의 순간을 보듬길 바란다.

2023년 5월 네덜란드에서.

차례

나
이렇게
귀엽게
늙으면
좋겠어

내가 날씨에 따라 변할 사람 같소?

'구리다.'

이 단어를 쓰고 나니 더 쓸 게 없다. 매일 불평을 달고 살아서 할 말이 구만리여야 하는데 자명해도 너무 자명해서인지 이 단어 하나에 말문이 막힌다. 궁극의 진리는 한 단어로도 충분한 걸까? 나는 지금 위도 38도의 사계절이 뚜렷한 한국에서 온 사람이라면 십중팔구 바짓가랑이를 붙잡고 제발 나 좀 구해달라며 애원할 그것, 심지어 네덜란드인마저도 인정하고 고개를 젓는 바로 그것, 네덜란드의 날씨에 관해 쓰려고 폼잡고 있다.

영국과 북해를 사이에 두고 유럽 대륙 북서쪽에 위치한 네덜란드는 멕시코 난류의 영향으로 대체로 온화하지만 1년 중 80퍼센트 이상이 비가 오거나 비가 올 것 같은 날씨다. 또 서안해양성 기후의 영향으로 바람이 매우 센데, 작정하고 심술부리면 뿌리 깊은 나무고 전봇대고 가릴 것 없이 공평하게 뽑아버린다. 평지에 바람이 많이 부니 구름의 속도가 매우 빨라서 (그래서 구름 풍경 하나는 장관이다) 날씨의 변덕이 죽 끓듯 한다. 조금 전까지 폭우였다가 눈 끔뻑하는 사이 해가 뜨는 경우는 다반사고, 비, 우박, 해, 눈, 바람 등 '하루에 4계절을 모두 겪는다'는 네덜란드 농담은 결코 시답지 않다.

겨울은 그야말로 구제 불능이다. 위도 50도를 걸치는 북유럽은 해가 빨리 져서, 오후 3시면 어두워지고 4시 반이면 캄캄하다. 게다가 매일 흐리니 광합성이란 단어는 지우개로 지운 지 오래. 이런 상황이 6개월 이상 지속된다고 상상해보라! 제아무리 행복에 겨워 칠렐레팔렐레 춤추는 주유소 앞 바람 인형일지라도 곧 셰익스피어 4대 비극의 주인공이 될 것이다. 고로 비타민 D 섭취와 집안의 따뜻한 조명은 필수요, 다정하게 안부를 물어줄 친구가 필요하다. 안 그러면 우울해지니까. 어쩌겠는가. 하늘의 뜻은 내 손 밖의 일이니, 이 나라를 택한 날 탓하며 받아들일 수밖에.

네덜란드에서 맞이하는 첫 겨울. 빗줄기가 곤장 치듯 철썩철썩 창문을 때리던 어느 날, 난 많은 걸 떠올렸다. 소용돌이치는 하늘 표현이 인상적인 영국 화가 터너(Turner)의 그림도 떠올렸고, '비를 맞으며 하루를 그냥 보냈다'는 김현식의 노래 '비처럼 음악처럼'도 떠올렸다. 그러다 문득, 무릎을 팍 치게 만드는 기막힌 제목의 희곡 〈내가 날씨에 따라 변할 사람 같소?〉에 생각이 멈췄다.

〈내가 날씨에 따라 변할 사람 같소?〉는 〈북어대가리〉 〈영월행 일기〉 같은 작품을 통해 우화적인 서사와 비유로 현실을 비판한 한국의 대표 희곡 작가 이강백(李康白)이 1978년에 발표한 작품이다. 당시 뮤지컬로 공연되어 '젊은 관객들의 열렬한 반응을 불러일으켰다'

고 공연 팸플릿에 쓰여 있다. 줄거리를 간단히 소개하면 이렇다. 폭우가 쏟아지는 시기, 어느 하숙집 주인 모자(母子)는 형편이 어려워지자 고정 하숙객들과 함께 꾀를 내어 하숙집을 일류 호텔로 가장하고 부자 숙박객을 끌어들여 돈을 벌려는 사기극을 벌인다. 여기에 퇴역 장군 내외와 딸이 걸려들고, 얽히고설키는 소동 끝에 두 쌍의 연인이 결혼하는(으잉? 기승전결혼?) 행복한 결말의 소극이다.

그날, 창밖의 비를 보며 이 희곡을 생각했던 이유는 작품 속의 날씨 설정이 통념을 깼기 때문이다. 비 오는 날은 환상적이고 꿈 같은 일이 벌어지는 상상의 세계이고, 맑은 날은 그 꿈이 깨지는 슬프고 냉혹한 현실의 세계라는 설정. 사실, 그 반대여야 되는 거 아닌가? 작가는 왜 이런 설정을 했을까? 비가 그치고 해가 뜨면 눈앞의 현실이 더 선명해지기 때문일까? 작품은 비 오는 날과 맑은 날의 조화가 행복의 근원이라는 메시지를 담고 있는데, 극의 마지막 결혼 장면에서 여인은 이렇게 말한다.

"… (중략) … 저는 이제 모든 걸 똑바로 볼 줄 안답니다. 비 오는 날과 비 오지 않는 날을 가려낼 줄 알고요. 그 각기 다른 날씨에 따라서 제 자신을 바꿔 갖는 재주도 부릴 줄 안답니다. 저런 날엔 저렇게 이런 날엔 이렇게 적당히 바꿔가며 살 수 있어요. (하늘을 향해 간절하게) 제발 저를 불쌍히 여겨주세요! 저는 앞으로 살아 나갈 그 모든 날들이 두렵습니다. 결혼이란 이런 걸까요? 확신을 주세요. 날씨에도 변하지 않는 확신을. 오, 이 맑은 날, 저에게 한 방울의 비를 내려주세요! (침묵) 비를 주세요!"

가슴을 후비는 대사였다. 그도 그럴 것이 그때 나는 아이를 데리러 그 장대같은 빗줄기를 뚫고 학교로 가야 하는, 결코 아름답지 않은 현실에 맞닥뜨려 있었기 때문이다. 여인의 대사와 달리 나는 자신을 '적당히 바꿔가며' 날씨에 맞춰 살 자신이 없었다. '날씨에도 변하지 않는 확신'이 없는 내게 필요한 건 한 방울의 비가 아닌 한 줄기의 해였다. 한 치 앞을 볼 수 없어 욕이 절로 나오는 네덜란드 날씨에, 한 치 앞을 볼 수 없어 욕이 절로 나오는 내 인생을 대입했다. 그래서 나도 '살아나갈 그 모든 날들이 두려'웠다.

네덜란드인들을 어떻게 이 날씨를 견디며 살까? 이들은 비가 와도, 우박이 와도, 강한 바람에 뒤로 넘어져도, 우산도 안 쓴 채 자전거를 타고 전진한다. 바다를 메꿔 없던 땅을 만든 힘은 바람에 맞서 자전거를 밀고 가는 힘에서 비롯된 걸까? 이 구린 날씨 속에서 간척의 꿈을 실현한 이들의 정신세계는 뭘까? 생각이 여기에 미치자 사뭇 태도가 달라진다. 나도 이들처럼 비에 맞설 용기를 내보자고 말이다. 어차피 지구는 돌 것이고 매년 겨울, 구린 날씨는 그 지옥문을 열 것이다. 난 날씨에 따라 변할 미생이기에, 불평의 주둥이를 못 다물면서도 월동준비로 인터넷 쇼핑몰에서 비타민 D를 검색하며 이렇게 중얼거릴 것이다.

- 내가 날씨에 따라 변할 사람 같소!?

이강백 선생님은 어쩜 이리 기똥찬 제목을 지으셨을까? 내게도 이런 능력이 있어서 끝내주는 제목의 베스트셀러 작가가 되는 꿈을 꿔

본다. 물론 내용이 끝내줘야겠지만 요즘은 제목이 반이라더라. 이렇게 대놓고 지면에 드릉드릉 욕심을 드러내는 것 역시 날씨 탓이다. 따지고 보면 인간은 자신의 모든 행동에 책임을 전가할 훌륭하고 안전한 변명거리를 가지고 있다. 까뮈의 소설 《이방인》의 주인공인 뫼르소도 해가 너무 강해서 살인을 저질렀다고 하지 않았던가? 날씨 입장에선 '왜 나만 가지고 그래?' 투덜댈지도 모르겠다.

어쨌든, 그날 나는 학교로 가기 위해 장화를 신고 우산을 빼 들었고, 용기를 내보자던 태도를 전복하고 다시 이 저주받은 날씨를 욕했다. 날씨는 여전히 적응이 안 된다. 개인적으로 어느 나라를 가든 현지 적응의 3요소를 '날씨', '언어', '음식'이라고 떠벌리는데, 나는 아직 그 첫 번째도 해결 못하고 있다. 비를 대하는 네덜란드인의 내공을 따라가기엔 한참 멀었나 보다.

p.s. 날씨 불평은 네덜란드 얘기가 나올 때마다 계속될 예정입니다.
캐릭터 구축이라 생각해주시면 감사하겠습니다.

내가 네덜란드에
머물 것 같소?

네덜란드에서 다시 쓸 결심

함박눈이 내린 시댁 마을의 풍경

그래도 날이 좋을 땐 하늘이 주신 선물같다.

팬데믹으로 얻은 것과 잃은 것

'~의 시대'라는 말을 들을 때마다 프랑스 뮤지컬 〈노트르담의 파리〉를 생각한다. 빅토르 위고의 소설 《노트르담의 꼽추》가 원작인 이 뮤지컬의 대표곡 제목이 '대성당들의 시대'이기 때문이다. 장엄한 이 곡의 클라이맥스 가사는 이렇다.

> 대성당들의 시대가 찾아왔어 / 이제 세상은 새로운 천년을 맞지
> 하늘 끝에 닿고 싶은 인간은 / 유리와 돌에 그들의 역사를 쓰지

팬데믹이 절정이었을 때 난 가사를 바꿔 이렇게 흥얼거렸다.

> 코로나의 시대가 찾아왔어 / 이제 세상은 계속 록다운을 맞지
> 백신을 맞지 않은 인간은 / 어느 곳에도 들어갈 수가 없지~

팬데믹은 모두에게 크나큰 생채기를 냈다. 우리도 팬데믹이 아니었다면 여전히 어딘가를 여행하고 있을 거였다. 예전부터 과학자들

이 경고했던 팬데믹이었지만 이렇게 오래갈 거라고는 상상하지 못했다. 그저 몇 달만 버티면 다시 예전으로 돌아갈 거라고 믿었다. 모두가 그랬다. 참 순진했다.

코로나 바이러스가 스멀스멀 고개를 들 때 우린 3년의 한국 생활을 정리하고 세계 여행을 하고 있었다. 그런데 필리핀, 말레이시아를 거쳐 카밀의 친구를 만나기 위해 태국의 남쪽 휴양지인 끄라비(Krabi)에 도착했을 때 세계 보건 기구(WHO)가 팬데믹을 선언했고 태국 정부가 공항을 폐쇄하는 바람에 근 5개월을 그곳에서 살아야 했다. 말 그대로 '어쩌다'였다.

솔직히 말하면 끄라비 생활은 염장을 지를 만큼 평화로왔다. '평화'와 '팬데믹'이라니, 이런 부조리가! 하지만 조금의 불편함만 견디면 '뉴 노멀'은 껌이었다. 방 두 개짜리 가성비 좋은 집을 렌트해 여유롭게 글을 쓰거나 그림을 그렸다. 커피와 함께 의자에 파묻혀 책을 읽다가 '게꼬~' 하고 우는 도마뱀에게 인사했다. 일정 지역 안에서는 이동이 자유로웠기에 갑갑하면 오토바이로 정글을 돌고, 저녁이면 아오낭(Aonang) 해변에서 하늘과 바다가 보랏빛으로 합체하는 스펙터클 노을 속에 무리 지어 날아가는 몇백 마리 박쥐의 장관을 감상했다.

섭씨 32도 이상의 무더위였지만 마침 우기여서 오후 4시면 열기를 식혀주는 소나기가 내렸다. 소나기가 지나간 후의 공기는 내 몸을 정화했고, 그 공기를 마시며 달리는 6킬로미터는 꿀맛이었다. 매일 단골 식당에서 삼천 원짜리 팟타이를 먹었고 무에타이 지역 챔피언 선생님을 소개받아 주 2회 개인 레슨도 받았다. 패드를 킥할 때 빵! 터지는 소리는 코로나쯤이야 바로 KO 시킬 용기와 희열을 주었다.

오죽하면 카밀의 친구가 "여기는 팬데믹 파라다이스(Pandemic Paradise)다!" 라고 말했을까. 입이 쩍 벌어지는 기암절벽과 투명한 에메랄드빛 바다, 의심할 여지 없이 지상 최고의 낙원인 이곳을 아무런 방해 없이 조용히 즐길 수 있으니 파라다이스가 아니고 무어랴. 하지만 여보게, 눈치 없는 친구. 지금 이 순간에도 사람이 죽어가고, 최전선의 의료진은 죽어라 고생하고, 관광업에 의존해 먹고사는 현지인은 미래가 암담한데, 어찌 그리 무례한 말을 하는가. 까놓고 말해서 감히 '파라다이스' 어쩌구 말할 수 있는 건 자네가 결국 '언젠가는 떠날 이방인'이기에 가능하지 않은가? 백인 남성인 자네는 기본값이 다르단 말일세! 이 어수선한 때에 코로나 청정지역에 있다는 굉장한 행운에 감사하며 조금만 겸손하면 안 되겠나? 당장 그 말 취소하게!

팬데믹 시대의 끄라비는 불안한 파라다이스였다. '파라다이스'란 정체성을 잃을 때 마주할 고통을 감당할 수 없어서 혼란과 불안으로 썩어가는 속을 감추고 애써 상담사 따위는 필요 없다고 말하는 파라다이스. 티브이 뉴스 속의 세상과 끄라비 세상, 그리고 어정쩡하게 걸친 내 이방인 세상의 간극은 축구장보다 넓었고, 그 속에서 난 5개월간 아슬아슬한 줄타기를 해야 했다. 그리고 2020년 7월 말, 공항이 다시 열리자 우리는 네덜란드로 왔다. 아시아를 떠나는 게 아쉬웠지만, 충분히 평화를 누리고 떠날 수 있어서 감사했다. 그나마 팬데믹으로 얻은 게 있다면 감사함의 자각이 아닐까.

열 시간 비행 후에 떨어진 네덜란드는 전혀 다른 세상이었다. 팬데믹을 대하는 네덜란드의 온도는 태국의 그것과 정반대였다. 우왕좌

이곳은 파라다이스일까. 끄라비의 풍경, 2020

끄라비의 노을, 2020

왕하는 정부의 대응은 같았지만 이를 따르는 국민의 태도는 달랐다. 규칙 자체를 대하는 태도가 달랐고 "왜?"라고 묻는 태도가 달랐다. '개인의 자유와 선택'을 최고의 가치로 보는 이 나라를 누구는 '무책임한 이기주의'라 비판했고 누구는 '당연한 인간의 권리'라며 옹호했다. '나'보다는 '우리'를 먼저 생각하는 아시아인으로 자란 난 자연스레 대의를 생각했다. 아시아와 유럽의 차이를 제대로 실감했고 종종 '팬데믹 파라다이스'가 그리웠다. 하지만 이곳에서 지내는 시간이 길어질수록 왜?란 질문과 혼란은 더해갔다. 한국은 이렇더라, 다녀온 지인이 전하는 다름에 놀라며 유럽의 분위기에 익숙해진 날 확인했다. 그렇게 나는 팬데믹에서도 동양과 서양의 경계선에서 이방인이 되었다.

솔직히 고백한다. 난 판단할 수 없었다. 아니, 판단을 유보하거나 포기했다는 말이 맞을 거다. 무엇이 옳은지 그른지, 누구의 말을 듣고 흘릴지 판단이 어렵고 귀찮기까지 했다. 과학과 의학의 말에 먼저 귀를 기울였지만 각자의 말이 달라서 헷갈렸고, 소위 음모론을 말하고 마스크 착용을 거부하는 몇몇 친구들과 멀어졌지만 무엇이 그들로 하여금 그렇게 확신에 차서 내게 온갖 링크를 보내며 설득하려 드는지 궁금했다. 모자라도 한참 모자란 내 인문 및 과학 소양에 작아질 때, 감당 못 할 명제와 정보량에 압도되어 무엇을 취할까 결정이 버거울 때, 한낱 범상한 인간인 난 논리적으로 생각하는 대신 회피했다. 대의와 자유 사이에서 무기력해졌고 록다운과 백신에 대해 의견을 말하는 대신 침묵했다. 난 비겁해졌고 아이처럼 떼를 썼다.

- 아, 몰라 몰라! 다 모르겠으니 그냥 과거로 돌아가게 해줘! 여행자

라는 내 정체성을 앗아간 코로나 좀 누가 어떻게 해달라고!

속수무책일 때 인간은 대책 없이 억울함만 호소하게 되는 걸까? 비록 나약하게 "코로나의 시대가 찾아왔어~" 라고 불렀지만, 인류에게 '억울함'이란 못을 공평히 박은 팬데믹을 극복하고 새로운 천년을 쓰려는 마음만은 깊어갔다. 이렇게 가열차게 글을 쓰는 것도 '하늘에 닿기 위해 유리와 돌에 역사를 쓰는 인간'이 되기 위한 몸부림이라고 한다면, 그리고 비겁한 나에 대한 변명이라고 한다면… 너무 거창할까?

3년 만에 다시 여행을 시작한 사람들은 줄기차게 그 즐거움을 SNS에 올린다. 그 모든 난리에도 불구하고 자연은 여전히 아름답고 인간의 삶은 계속된다는 희망(?)과 동시에 이 재수 없는 바이러스는 결코 인간과 작별하지 않겠구나 하는 절망도 본다. 천만다행으로 우리 가족은 슈퍼 항체를 가졌는지 여태 아프지 않고 건강하다. 그저 감사할 뿐이다.

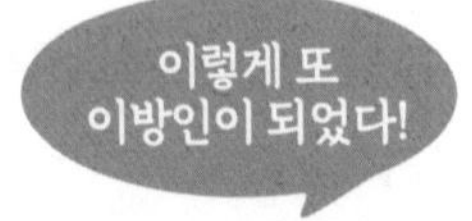

비겁한 나에 대한 변명

이 나이에 네덜란드어 공부하리?

네덜란드어는 꽤 어려운 언어다. 게르만 언어 중 하나로 독어도 아닌 것이, 그렇다고 영어도 아닌 것이, 목 긁는 소리가 나고 문법이 헷갈리는 언어다. 전 세계 80억 인구 중 약 2천5백만 명 정도만이 네덜란드, 벨기에 북부, 수리남 등에서 쓰고 남아프리카공화국의 언어인 아프리칸스(Afrikaans)를 낳기도 한 지극히 지엽적인 언어다. 그리고 나는 이런 네덜란드어를 배워야 한다.

참 나, 네덜란드어라니. 일본어, 중국어, 프랑스어, 독일어, 스페인어도 아닌 네덜란드어라니! 고백한다. 내 귀엔 네덜란드어가 아름답지 않다. 네덜란드 사람이 들으면 기분 나쁘겠지만, 안타깝게도 그렇다. 만약 네덜란드어가 매력적이었다면 기꺼이 팔 걷어붙이고 공부했을까? 배우자 비자를 취득한 외국인은 2년 안에 의무적으로 언어시험을 봐야 하지만 부모 비자를 취득한 난 해당되지 않아서 네덜란드어 공부는 순전히 내 의지에 달렸으니, 이거 미치고 팔짝 뛸 노릇이다. 주변 국가에 비해 영어가 잘 통용되는 나라라지만 내가 무슨 세상과 단절한 히키코모리도 아니고, 장도 봐야 하고, 학교 선생님과 얘기도 해야 하고, 무엇보다 아이와 아빠가 지들끼리 뭐라고 쑥덕이는지는 알아야 할 것 아닌가. 현지어 구사 능력이 만드는 차이는 판문점에서 선 하나를 사이에 두고 대치한 남북 병사의 관계만큼 크다.

록다운이 풀린 어느 흐린 날, 아이를 등교시킨 후 쭈뼛쭈뼛 비를 뚫고 (이놈의 빌어먹을 비!) 정부가 지역마다 외국인/이민자를 위해 무료로 제공하는 네덜란드어 수업에 갔다. 건물 밖은 조용했으나 문을 열자 꽤 많은 사람이 북적거려서 적잖이 놀랐다. 청년부터 어르신까지, 여러 국적의 사람들이 레벨에 따라 각 그룹에 배치됐다. 난 당연히 기초반에 배치됐고 머쓱하게 앉아 있는 사이, 네 명이 책상을 채웠다. 그리고 자원봉사자로 보이는 푸근한 인상의 할머니 선생님이 학생들을 반겼다. 난 어설픈 네덜란드어와 손짓 발짓을 섞어가며 자기소개를 했다.

- (검지 손가락으로 나를 가리키며) 익! (ik, 나) 꼬레안! (Koreaan, 한국 사람) 유 노 강남 스타일? (아아~ 얼마나 유치한가!) 익! 히어! (hier, 여기), 운! (woon, 살다), 미어 단 에인 야르! (meer dan een jaar, 1년 이상)

왜 이리 단어 하나하나에 느낌표가 붙는지. 책상에 앉은 다섯 명의 구성은 이랬다. 터키 아저씨, 인도네시아 아줌마, 무슬림 아줌마(국적은 모름), 한국 아줌마(나), 그리고 네덜란드 할머니(선생님).

선생님은 A부터 Z까지 알파벳을 노트에 쓰라고 했다. 잉? 알파벳을 쓰라고? 기분이 묘했다. ㄱ, ㄴ, ㄷ을 처음 배우는 유치원생도 아니고, 최종 학력이 대학원인데 에이비씨디라니. 하지만 석사든 박사든 그게 무슨 상관이랴. 알파벳 발음이 영어의 그것과 다르기 때문에 기초반에서 알파벳을 배우는 건 당연한 것을. (에이, 비, 씨, 디, 이, 에프, 쥐가 아닌 아, 베이, 쎄이, 데이, 에이, 에프, 헤이…) 학생들은 진지하게 노트에 꾹꾹 눌러 24개의 알파벳을 썼다. 터키 아저씨는 여기서 22년을 사셨다면서도 제대로 쓰지 못하고 자꾸 옆자리의 노트를 훔쳐봤다. 나는 제대로 못 읽고 (g가 '헤이'고, h는 '하'고, j는 '예이'라니!) 아저씨는 제대로 못 쓰고. 이렇게 국적, 나이, 성별, 학력이 모두 다른 네 명의 어른이 네덜란드어 앞에서 유치원생이 되었다. 그 자리에서 우리는 평등했다. 우리는 모두 이민자, 외국인이었다.

알파벳 발음을 교정해주던 선생님은 갑자기 레벨을 훌쩍 뛰어 동사 변형을 설명했다. (잉? 알파벳에서 갑자기 동사 변형? 체계가… 있는 거야?) 프랑스어, 스페인어 등 웬만한 유럽어에는 그놈의 빌어먹을 '동사 변형'이 있다. 주어에 따라 동사의 형태도 달라지는데, 영어처럼 '삼인칭 단수(he/she/it)에는 동사 끝에 s 붙이고 땡!'이면 얼마나 좋겠냐만, 인칭과 단수, 복수에 따라 모두 변한다. 여기서 끝이 아니다. 불규칙 동사는 물론이고 과거형, 미래형 등 시제에 따라서도 다 변한다. 이쯤 되면 과장 안 보태고 헐크가 되어 책을 찢어버리고 싶다. 팁은 없다. 그냥 닥치고 외울 뿐.

- 자, '보다'란 동사 zien을 봅시다. Zien은 이렇게 변해요. Ik zie, Je ziet, Hij ziet, Zij ziet, Wij zien, Ze zien… (익 지, 여 짙, 헤이 짙, 제이 짙, 웨이 지인, 즈 지인…).

선생님은 현재형 변형을 차례로 설명하고는 학생들에게 물었다.

- zie의 과거형이 무언지 알아요? (잉? 현재형에서 갑자기 과거형? 체계가 있는 거야?)

선생님은 혹시나 하는 눈으로 학생들을 살폈다. 당연히 침묵.

- zag(작)이에요.

- zag요?

- 예. zag요.

- zag??

- zag???

- zag????

나를 포함, 한 사람씩 돌아가며 'zag?'을 반복했다.

- 왜요? 어떻게 현재가 zie인데 zag으로 변해요?

- 원래 그래요. 규칙 동사에는 과거형을 만들 때 규칙이 있지만 zien은 불규칙 동사예요. 불규칙 동사에는 이유 같은 거 없어요. (잉? 규칙 동사 배우기도 바쁜데 갑자기 불규칙 동사? 체계가… 있는 거야?)

우리는
네덜란드 언어 기초반
유치원생

나는야
부모 비자 취득한
외국인

석사 출신 코리안, A~Z 알파벳부터 쓰기 시작하다!

1초, 2초, 3초··· 정적이 흐른 후 우리는 웃음을 터뜨렸다. '뭐가 이래?'란 학생의 생각과 '내 말이, 나도 모르겠네'란 선생님의 생각이 동시에 교차하는 걸 모두가 느꼈기 때문이었다.

- 이런 동사가 수도 없이 많으니 앞으로 각오하세요!

선생님은 격려도 안타까움도 아닌, 농담에 가까운 투로 경고했다. 국적, 언어, 나이, 성별, 학력이 모두 다른 성인 유치원생 네 명이 같은 기분을 동시에 느끼며 어이없는 웃음을 나눴다. 결핍이 주는 응집력이란 이런 걸까? 그 결핍을 서로 이해하는 정겨움이 반가웠다. '언어 기초반'이란 그런 곳인가 보다. 배경을 불문하고 모든 이를 스타트 라인에 세우지만 달리는 대신 서로 손 잡고 가게 하는 곳.

하지만 이 수업은 내게 처음이자 마지막이었다. 정겨웠지만 내게 맞지 않았다.

언어로부터 해방되고 싶다. 여기서 해방이란 어떤 언어를 완벽히 습득하여 사고와 생활에 지장이 없는 상태도 되지만 그 어떤 언어에도 구속되지 않고 그 자체를 초월한 상태도 된다. 언어를 초월한다는 건 어떤 걸까? 언어 이상으로 사람 사이를 연결하는 도구가 있을까? 더글러스 애덤스의 SF소설 《은하수를 여행하는 히치하이커를 위한 안내서 (The Hitchhiker's Guide to the Galaxy)》를 보면 '바벨 피쉬(Babel Fish)'라는 게 나온다. 물고기처럼 생긴 작은 도구인데 이걸 귓속에 넣으면 우주의 모든 언어를 자유자재로 구사하게 된다. 가끔 이런 게 실제로 존재한다면 얼마나 좋을까 상상한다. 파파고나 구글 번역기처럼 어색한 번역이 아닌, 관계에 따른 미묘한 뉘앙스까지 간

덴보스 호수의 나른함, Drawing by 옐로우덕, 2023

파해내는 그런 번역기가 있다면. 내 생각을 표현 못할 때, 그래서 상대방이 유치원생 대하듯 과장된 몸짓과 큰 목소리로 말하는 걸 얼굴 찌푸리며 들어야 할 때, 나는 바벨 피쉬가 없는 내 귀를 아쉬워하며 언어 때문에 이방인이 되는 상황을 무기력하게 받아들인다. 그리고 속세와 인연을 끊지 않는 한 언어로부터 결코 해방될 수 없다는 걸 깨닫는다.

언어는 정체성이자 권력이다. 내 입에서 미국 액센트의 영어가 나올 때 미묘하게 달라지는 (정확히 말하면 주눅 드는) 이 나라 사람들의 태도를 느낀다. 입을 다물면 '그저 힘없는 외국인'이지만 영어로 입을 여는 순간 더 이상 '그저 외국인'이 아니게 되는, 그 섬세한 권력의 줄다리기가 마음을 할퀴는 동시에 흥미롭다. 만약 내가 네덜란드어라는 새로운 권력을 쟁취할 때, 그때 내 위치는 어떻게 변할까? 그걸 확인하고 싶다. 물론, 아주 오래 걸리거나 그런 일이 생기지 않을 확률이 더 높지만.

다시 이 글의 제목을 반복하며 징징거린다. 허허, 그것 참, 내가 진짜, 이 나이에 네덜란드어를 공부하리? 부질없지만 그래도 이렇게 징징거리면 그나마 속이 후련하다.

이렇게 나른하게 네덜란드어 책을 읽을 수 있다면 얼마나 좋을까.
도드레흐트(Dordrecht), 네덜란드, 2022

외국에서 친구를 만드는 가장 쉬운 방법

해외에서 현지인 친구를 만들기란 결코 쉽지 않다. 당연하다. 언어의 벽이 높고 관계를 맺는 과정과 문화가 다르니까. 네덜란드는 어릴 때 친구가 평생 친구로 가는 문화다. 사회에서 만난 사람이 절친이 되는 경우는 드물고, 다들 자신만의 '죽마고우' 그룹이 있다. 어릴 때부터 쌓인 연대감을 뚫고 그 그룹의 일원이 되는 건 불가능에 가깝다. 사정이 이렇다 보니 네덜란드인 대신 같은 처지에 있는 한국인이나 영어로 대화할 수 있는 외국인 친구들을 찾게 된다. 해외 생활의 고단함과 외로움을 공감하고 서로 위로할 수 있으니 말이다. (날씨 불평은 최고의 수다 거리다!)

해외에서 살 때 무척이나 그리운 것 중 하나는 바로 한밤중에 전화해서 "야, 뭐하냐? 나와라!" 하고 부를 수 있는 친구다. 잠바때기 하나 걸치고 슬리퍼 찍찍 끌고 나가 편의점 앞 테이블에서 캔 커피 하나에 오징어 뜯으며 두런두런 얘기할 수 있는 친구. 물론 밤 문화가 강하고 24시간 편의점이 있는 한국이기에 가능할 거다. 여긴 늦게까지 문을 여는 상점이 없고, 또 즉흥적인 번개 만남을 꺼린다. 알고 보니 네덜란드인들은 계획성 대장이었다. 언제 만날지 항상 미리 약속을 잡아야만 하는 계획성 국민. 아아~ 쓰고 보니 더 그립다! 전화 한 통이면 바로 나올 한국의 내 친구들! (이제는 어려우려나? 아이들 시험 기간이라서? 시어머니 눈치 보여서? 내일 출근해야 해서?)

그런데 의외의 일이 생겼다. 내게 세 명의 현지 친구가 생긴 것이다. 여기서 태어나고 자란, 네덜란드어가 제1 언어인 진짜 네덜란드인 친구들! 줄리아(Guilia)와 린다(Linda)와 사리(Sary). 이들과 나는 접점이 전혀 없다. 근처에 살지만 나이도, 하는 일도, 배경도 너무 달라서 스칠 기회조차 없다. 그런데 무엇이 우리를 이렇게 만나게 했을까? 들으면 웃을 것이다. 그것은 바로오오오오~~~ 방탄소년단! 나는 방탄소년단 광팬이다. 정식 아미 타이틀은 없지만 이들에 대한 내 마음은 누구보다 진심이다. 매일 밤 이들 동영상을 파고 파고 또 팠고 하다못해 댄스 학원에서 안무까지 배웠다. 중년 아줌마가 아이돌 덕질이라니, 누군가는 한심하다고 하겠지만 무슨 상관인가? 내가 우울의 늪에서 허덕일 때 날 잡아준 게 누군데! 좋은 걸 어쩌라고.

이들은 인터넷을 통해 만났다. '언어 기초반' 수업 방식에 실망한 난 네덜란드어를 좀 더 재밌게 공부할 방법을 찾다가 언어 교환을 생각했다. 과연 내가 사는 이 작은 도시에서 한국어에 관심 있는 사람을 찾을 수 있을까 싶었지만, 요즘은 K가 대세 아닌가. K팝, K드라마, K영화 등등. 한창 넷플릭스 드라마 〈오징어 게임〉이 유행할 때 암스테르담 한복판에 대형 소녀 인형이 나타나 '무궁화꽃이 피었습니다'를 외칠 정도였다. 그래서 페이스북에 있는 방탄소년단 네덜란드 그룹에 글을 올렸다. 만나서 재밌게 한국어와 네덜란드어를 교환하며 우리 '탄이'들에 대해 수다 떨자고. 아니나 다를까, 댓글이 줄줄 달렸다. 그리고 어렵지 않게 가까운 곳에 사는 이 친구들을 만날 수 있었다.

12월 4일은
방탄 '진'의 생일!

12월 4일. 줄리아와 린다와 사리가 우리 집에 놀러왔다. 멤버 중 한 명인 진의 생일을 축하하기 위해서였다. 예전 같으면 이날은 나와는 아무 상관 없는 날이었겠지만 지금은 다르다. 줄리아는 케이크를, 사리는 방탄소년단 포스터를, 린다는 디저트를 가지고 왔고, 나는 이들을 삼겹살과 된장찌개로 맞이했다. 진의 사진을 앞에 놓고 생일 축하 노래를 불렀고 케이크의 촛불을 껐다. 노트북으로 콘서트를 보며 끝없이 대화가 이어졌다. 최애 멤버는 누군지, 최애 노래는 뭔지, 나아가 전반적인 한류 문화와 옛날 아이돌 스타까지. 이들은 슈퍼주니어도 알았고, 이효리도 알았고, 에픽 하이도 알았다. 심지어 내가 모르는 드라마나 연예계 소식까지 알려줬다. K컬처를 향한 이들의 지식과 열정에 감탄했다. 언어 교환 명목으로 모였지만 언어는 개뿔, 사실 이건 덕질의 모임이었다. 방탄을 향한 내 사랑을 쏟아내기도 바쁜데 주어는 뭐며 동사는 뭐며 이럴 겨를이 어디 있겠는가. 친구들은 한국어 노래 가사와 멤버들의 대화를 구체적으로 알고 싶어 했고 난 자세히 알려줬다. 반대로 이들은 내가 설명한 한국어 표현을 네덜란드어로 어떻게 말하는지 알려줬다. 이야말로 진정한 일타쌍피의 문화 외교 아닌가!

슈퍼주니어, 이효리,
에픽하이… K컬처~~

사람과 사람을 연결하는 매개체가 무얼까 생각한다. 아주 작고 사소한 것일지라도 거기서 뻗어갈 수 있는 수많은 연결 고리가 있다. 그 작은 고리에서 귀한 관계가 싹튼다. 그 고리를 단단하게 하는 최고의 방법은, 내 생각엔 바로 덕질이다. 덕질은 어제의 이방인을 오늘의 동지로 만들어준다. 어떤 대상에 대한 사랑을 공유하려는 욕망은 누구에게나 평등하게 적용되는 법. 덕질은 세상에 닿으려는 열망이다. 종류는 무궁무진하다. 스타를 덕질할 수도 있고 피규어 수집, 타로, 앤틱, 서핑, 자전거, SF 같은 취미 활동까지, 찾아보면 다양하다. 변하지 않는 내 방탄소년단 최애 곡인 'Save Me'의 후렴구 가사는 이렇다.

그 손을 내밀어 줘 / Save me, Save me,
I need your love before I fall

인간은 결국 인간이 내민 손에 의해 구원되고, 요즘 시대에 그 손을 내밀게 하는 힘은 바로 뭐다? 덕질! 자, 타지 생활이 고달픈 그대여, 덕질을 할지어다! 당신을 save 해줄지니!

이 친구들과 오래 관계를 지속하면 좋겠다. 방탄소년단 멤버가 7

명이니 생일을 핑계로 최소 1년에 7번은 만날 수 있다. 그 사이에 채팅방에서 하루가 멀다하고 방탄의 일거수일투족을 살피며 수다를 떨 거다. 작년 겨울 내 최애 멤버인 맏형 진이 (같이 모여 생일 축하 파티를 열었던 바로 그 진!) 입대했다. 그날 채팅방에 불이 난 건 말할 것도 없다.

그런데 이상하다. 이렇게 신나게 네덜란드 친구들에 대해 떠들었음에도 왠지 옆구리 한구석이 허하다. 그 허함을 채우고자 한국에 있는 친구들을 생각한다. 그리고 그리워한다. 대학교 연극 동아리에서 만나 지금까지 베프로 남아 있는 태영이와 대학로 거리를 걸을 수 있다면 얼마나 좋을까. 수업 땡땡이치고 매점 김밥 까먹으며 동아리방에서 히히덕대던 우리의 '화양연화'를 떠들 수 있다면 얼마나 좋을까. 그리운 이들과 함께 덕질을 할 수 있다면 얼마나 좋을까.

남편이 생일 선물로 준 방탄소년단 포스터가 빛나는 내 책상 풍경

나의 살던 고향은

해외에서 살며 외롭거나 힘들 때, 한국 예능 프로그램에서 꽤 많은 위로와 웃음을 얻는다. 어쩜 그리 재미있는 게 많은지, 예능국 PD들은 다 천재인가 싶다. 빠르게 변하는 유행에 따라가기 버거울 때도 있지만 굳이 머리를 쓰지 않아도 다 이해되는 우리 말의 편안함과 레퍼런스를 안다는 안도감만으로도 고단한 타지 생활의 헛헛함이 채워진다. 뭘 봐야 할지 모를 수많은 예능의 바다에서 내게 맞는 프로그램을 찾으면 그렇게 기쁠 수가 없는데, 〈대화의 희열〉이란 프로그램은 네덜란드로 온 후 처음 맞은 겨울의 힘겨움에 허덕이는 나를 포근히 감싸줬다. 정치, 경제, 문화 등 다양한 분야의 유명 인사들이 그들의 인생을 말하는 평범한 포맷의 토크쇼였지만 호들갑 떨지 않는 적당한 톤이 좋았다. 시즌 3에 걸쳐 총 39회가 전파를 탔는데 그 중 유독 시즌 1의 '송해' 편이 내게 크게 다가왔다.

이 에피소드는 황해도가 고향인 (고)송해 옹의 고향 바라기가 많은 부분을 차지했다. 1927년생으로 이미 90세를 훌쩍 넘어선 그는 여전히 죽기 전에 고향인 황해도 재령에서 "전구우욱~ 노래자랑!"을 외치는 꿈을 가지고 계셨다. 이런저런 거짓말 같은 사연으로 고향을 떠난 후, 또 이런저런 거짓말 같은 사연으로 공연계에 발을 담그기까지, 포레스트 검프처럼 역사의 소용돌이를 관통하는 사연들 하나하나가 하도 극적이고 구슬퍼서 그의 인생사가 한 권의 대하소설이었다. 특히 인상적이었던 부분은 고향을 사무치게 그리워하는 모습이었다. 태어나고 자란 고향을 그리워하는 건 '거꾸로 강을 거슬러 오르는 저 힘찬 연어' 같은 당연한 본능 아니냐고 하겠지만, 내게는 딱히 고향에 대한 정서가 없다는 걸 그를 보며 깨달았다. 나의 살던 고향은 꽃 피는 산골, 그 속에서 놀던 때가 그립습니다, 따위가 내게는 없는 것이다.

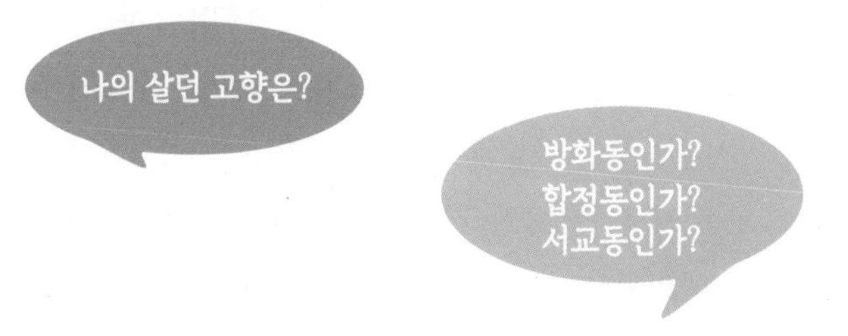

고향. 고향이라… 난 서울 강서구 방화동에서 태어났지만 마포구 합정동과 서교동에서 자랐다. 어릴 적 가장 오래 산 동네가 서교동이니 굳이 따진다면 서교동이 고향이라 할 수 있겠지만, 그렇다고 송해 옹처럼 꿈에 나올 만큼 그곳이 그립진 않다. 참 아이러니다. 오랫동안 정착할 곳을 찾아 떠돌면서 그 누구보다 장소, 집, 뿌리에 대한 갈망이 클 텐데, 그런 내가 정작 고향에 대한 정서가 없다니. 물론 어릴 적 뛰놀던 당인리 발전소 앞 폐지 수거장의 추억은 있지만 과연 그게 내게 어떤 절실함을 줄 수 있을까? 자주 갔던 빵집이나 떡볶이집이 없어진 걸 안타까워하는 건 내 기억 속의 예쁜 모습이 그대로 있기를 바라는 이기심일 뿐, 그 빵집과 떡볶이집이 애달플 수는 없다.

보면서 계속 궁금했다. 저렇게 고향이 그립나? 왜? 70년이 지난 지금, 남아 있는 건 하나도 없고 기억마저 흐릿할 텐데, 무슨 미련이 남아서? 이제 와서 '재령'이란 지리적 공간이 아쉬운 건 아닐 터, 떠날 때 마지막이 될 줄 모르고 손을 흔들던 그리운 어머니의 모습과 어린 시절의 희미한 조각들을 조금이라도 찾고 싶은 거겠지? 물론 결정적인 이유는 어머니겠지. '두고 온 어머니'란 말만으로도 가야 할 이유는 충분하니까. 감히 상상해본다. 마침내 재령을 방문한 그가 "옛날엔 여기가 다 밭이었어요. 어머니께서 이 밭을 매셨지." 하며 무려 근 한 세기 전의 기억을 끄집어내는 모습을. 핸드 헬드 카메라가 소회에 젖은 그의 쭈그러진 뒷모습을 거칠게 따라가는 장면을.

결국 이 모든 서사가 가능한 건 지금 그곳에 갈 수 없기 때문이다. 갈 수 있으면 이런 서사 자체가 없다. 갈 수 없을 때, 볼 수 없을 때, 만지지 못할 때, 가지지 못할 때, 결핍은 모든 걸 피 끓는 서사로 만든다. 전쟁, 분단, 정치적 상황 등 결핍을 유발하는 요소에 코비드가 더해졌다. 근 3년간 갈 수 없고 볼 수 없고 만질 수 없고 가질 수 없던 그 결핍이 많은 걸 바꾸었다. 언제든 편히 갈 수 있던 한국도 그렇지 않았기에 더 절실해졌고, 해외에 사는 난 영원히 바람이 안 빠지는 풍선이 되어 둥둥 떠다녔다.

내가 송해 옹의 스토리에 몰입하고 공감하는 이유가 나이가 들어서인지, 아니면 해외에 살고 있어서인지 잘 모르겠다. 송해 옹이 '과거의 장소'를 갈망한다면 나는 '미래의 장소'를 갈망한다는, 장소에 대한 갈망에서 그 이유를 찾을 수 있을 것 같기는 하다. 그래도 그 갈망의 강도가 같을 수 없다. 내 갈망은 이루어질 가능성이 있지만, 그의 것은 아니니까. 난 미래를 보고 그는 과거를 보니까. 머리로는 이해되지만 그 느낌이 어떨지는 감히 상상이 안 된다. 그나마 지난 3년의 경험이 그의 절절함을 어렴풋이나마 알게 해줄까? 그리고 그동안 내가 이런 절절한 서사의 힘을 그저 '신파'라는 이름으로 격하하진 않았나 돌아본다. 퀴퀴한 냄새가 날 정도로 지독히 인간적인, 누구에게나 내재된 구질구질하고도 뻔한 신파는 과소평가되고 있었다.

한국이 그립지만 사무치진 않는다. 그리운 것도 있고 그립지 않은 것도 있다. 가끔 고향이 없는 사람처럼 느껴질 때도 있다. 내 아이는 커서 어디를 고향이라 여길까? 한국에서 태어났고, 5살부터 7살까지 한국에서 만 3년을 살았지만 과연 그 시간은 고향의 정서를 만들 만큼 긴 시간이었을까? 어디든 엄마와 아빠와 있는 곳이면 고향일까? 궁금하다. 요즘처럼 세계가 하나로 연결된 글로벌 시대에 과연 고향의 정서를 가진 사람이 얼마나 될지. 그리고 이를 읊는 건 구닥다리 꼰대의 모습일지. 무릇 고향이 인간에게 무시 못 할 근원적 정서를 형성한다는 고정관념은 얼마나 갈지. 포스트 팬데믹이라는 새로운 패러다임은 고향 회귀의 붐을 일으킬지. 아이고, 그만하자, 머리 터진다. 예능 하나에 너무 멀리 갔다.

당신의 고향은 어디인가를 묻는 〈대화의 희열〉 '송해' 편을 추천한다. 휴지통 하나 옆에 둬야 할 거다. 더불어 한국 예능, 나아가 드라마를 볼 수 있게 해주는 인터넷의 발달에 감사한다. 이거 없이 어찌 해외에서 살까. 그리고 늦었지만 (고) 송해 옹의 명복을 빈다. 영면하소서.

서울 망원동, Drawing by 옐로우덕, 2020

리스본의 노점 상인

2015년 겨울이었다. 흐리고 눅눅했지만 툭툭(Tuktuk, 3륜 구동 택시)을 그리고 싶다는 욕망에 남편에게 아이를 맡기고 혼자 리스본 여기저기를 돌아다니며 툭툭 사진을 찍었다. 리스본 제1의 관광 명소인 리스본 성당(Se de Lisboa) 앞에서 줄줄이 손님을 기다리는 알록달록한 툭툭을 찍은 후, 살짝 피곤하여 성당 앞 벤치에 앉아 쉬려는데 호객 행위가 벌어지고 있었다. 관광지에 노점상 없으면 소주 없는 빈대떡이요, 마늘 없는 삼겹살인 법. 벤치에 앉은 노부부를 붙잡고 장신구를 파는 흑인 청년의 모습은 이곳 관광지에서 흔히 볼 수 있기에 무시할 법도 했지만 대체 뭘 팔기에 저러나 싶어 옆에서 풍경을 그리는 척하며 어깨너머로 들려오는 대화에 귀를 쫑긋 세웠다.

- 잇츠 그뤠잇, 잇츠 그뤠잇! 프롬 아프리카! 칩, 칩! 어포다블!
- 리얼리? 리얼리 프롬 아프리카? 렛 미 씨.

출신 지역을 알려주는 액센트 짙은 영어와 과장된 몸짓, 격앙된 톤과 말투. 노부부는 분명 리스본에 처음 왔을 것이고, 청년은 분명 아

피게이라 광장(Figueira Square), 리스본(Lisbon), Drawing by 옐로우덕, 2018

프리카에서 넘어온 이민자일 것이고, 장신구는 분명 아프리카 직수입이 아닐 것이다. 여행하며 이력이 날 정도로 많은 호객 행위를 당한 난 누군가 가판대를 들고 다가오면 바로 다른 쪽으로 발길을 돌린다. 솔직히 사람들이 왜 노점상에서 물건을 사는지 이해가 안 된다. 하지만 돌아보면 옛날 서울 지하철 1호선 객차에서 흔히 팔던 추억의 팝송 시리즈나 레이저가 나오는 지휘봉 같은 것도 저걸 누가 살까 싶지만, 꼭 한 칸에 한 사람 정도는 관심을 보이지 않던가?

밑그림을 다 그릴 때까지 노부부는 결정을 못 했고, 지루해진 난 대체 어떤 물건이길래 이리 결정을 못 내리나 궁금해져서 슬쩍 곁눈질했다. 수공예 목걸이였다. 이틀 정도면 끊어질 약한 목걸이. 자리를 뜨면서 나즈막이 중얼거렸다.

- 나 같으면 안 사.

항구도시는 그 특성상 다양한 문화가 공존하는데, 리스본도 마찬가지다. 포르투갈에는, 특히 리스본에는 이민자가 많다. 해상왕국으로 명성을 날렸던 역사 때문이기도 하고 지리상 아프리카와 가까이 있어서도 그렇다. 일찍이 15세기 르네상스 시절, 목제 상선이 미지의 바다 저편으로 떠날 때부터 리스본 항구는 떠나는 사람과 돌아오는 사람으로 분주했다. 그들의 내세우는 슬로건 중 하나인 'City of Departure and Arrival' 즉 떠남과 도착의 도시인 것이다.

알파마(Alfama), 리스본(Lisbon), Drawing by 옐로우덕, 2018

사실 그 시절에는 떠난 사람이 살아 돌아왔다는 사실 그 자체만으로도 감사한 일이었을 거다. 그렇기에 배에서 내리는 이를 맞이하는 리스보아타(Lisboata, 리스본 현지인)들이 다른 유럽인들보다 더 관대하고 호의적이었던 건 당연할지도 모른다. 종종 여행자로부터 "여기는 인종차별이 다른 곳보다 덜하다"란 말을 들었는데, 아마 1497년 포르투갈의 탐험가 바스크 다 가마(Vasco da Gama)가 인도를 발견했을 때부터 다른 피부와 다른 언어, 다른 문화의 사람들을 열린 태도로 받아들였기 때문일 거라 생각한다. 그래서인지 리스본 이민자들은 '차이나타운'이나 '리틀 도쿄' 같은 특정 나라의 밀집 지역 없이 모두 잘 어울려 산다. 다른 문화와 더불어 사는 삶은 리스본 이민자 문화의 바탕이 되었고, 이건 지금도 관광지를 살짝 벗어난 모라리아(Mouraria), 마르띵 모니즈(Martim Moniz), 인텐덴떼(Intendente) 같은 지역에서 볼 수 있다.

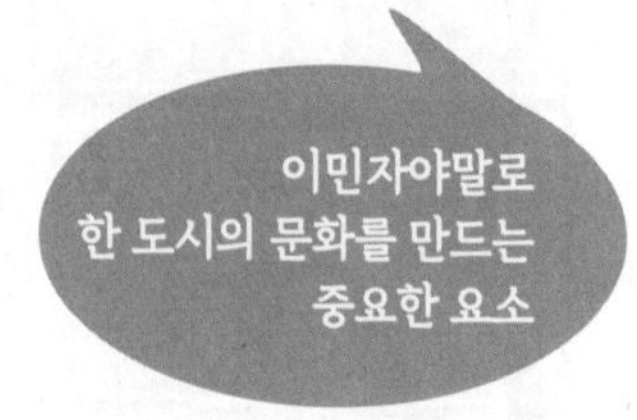

나는 항상 관광지보다 이민자들이 모여 사는 지역에 더 매력을 느꼈다. 치안이 불안한 곳도 있지만 거리를 지날 때 느끼는 인생의 활기는 여유와 나른함으로 가득한 다른 지역과는 성격이 확실히 달랐다. 고요한 리스본을 그나마 뛰게 만드는 것은 다름 아닌 이민자들이다. 재미나게도 난 리스본 외 다른 도시에서도 이민자 지역을 즐겨 찾았다. 베를린의 노이쾰른(Neukölln)이나 모아빗(Moabit)이 대표적이다. 아마 동질감이었을 거다. 어딜 가도 이방인일 수밖에 없는, 떠난 자의 죄책감을 짊어지고 억척같이 살아갈 수밖에 없는 처지를 이해하기 때문일 거다. 나는 이민자야말로 한 도시의 문화를 만드는 중요한 요소라고 믿는다.

그때 그렸던 스케치를 볼 때마다 흑인 청년과 노부부가 생각난다. 궁금하다. 노부부는 장신구를 샀을까? 그 청년은 아프리카 어디에서, 어떤 경로로, 어떤 꿈을 안고 리스본까지 왔을까? 생각이 꼬리에 꼬리를 물자 그 흑인 청년의 인생 역경이 미니시리즈처럼 그려진다. 아프리카에서 유럽 비자 받는 건 하늘의 별 따기인데, 엄청나게 고생했겠지? 뇌물을 바쳐야 했을지도 몰라. 겨우 도착한 그곳에서 고향 사람의 도움으로 어찌어찌하여 마르띵 모니즈 한구석에 다른 아프리카 청년들과 방을 얻었겠지. 그리고 그 좁은 방에서 북적북적 어깨를 부딪치며 살겠지. 아프리카인들이 많이 모이는 '성 도밍고(Sao Domingos)' 성당 광장에 모여 고단한 날들의 스트레스를 풀겠지. 노점상으로 버는 돈은 그리 많지 않을 텐데, 그래도 그중 일부는 고향으로 보내겠지. 그리고 떠나온 이유를 생각하며 희망의 끈을 놓지 않으려고 몸부림치겠지. 나는 이미 시나리오를 완성하고 캐스팅까지 끝낸 상태다. 이 시나리오는 내가 가진 편견일까? 눈 한 번 안 마주치고 말 한 번 섞지 않은 청년이지만, 그 청년이 지금 잘살고 있기를.

현재 난 '네덜란드 국적을 가진 아이의 부모' 자격으로 네덜란드에서 살고 있다. 체류권을 받았음에도 여전히 내게 '이민'이란 단어는 에베레스트를 능가하는 아주 높은 산이다. 복잡한 서류는 물론이고, 친절한 미소를 띠고 있지만 태도만은 고압적인 이민국 직원 앞에서 싱거운 변죽을 부릴 때마다 나는 상상 이상으로 작아진다. 서류 몇 장을 기반으로 오직 그들의 판단하에 내 존재를 인정받는 지난한 행정 절차를, 내 모든 정체성이 '이민자'라는 한 단어로 뭉뚱그려지는 순간들을 담담히 목도하기란 쉬운 일이 아니다. 그럴 때마다 이 문구를 생각한다. 바로 성 도밍고 성당 광장의 벽에 세계 각국의 언어로 새겨져 있던 이 문구. 리스보아, 관용의 도시.

- Lisboa, cidade da tolerancia. (리스보아, 관용의 도시)

바다처럼 넓어서 사람들이 쉽게 바다로 착각하는 리스본의 테주(Tejo)강이 이민자들을 바다같은 관용으로 품어주었을 것이다. 혐오와 배척, 편견과 차별이 점점 더 커지는 지금, 더 많은 도시가, 나라가, 아니 온 세상이 리스본처럼 관용의 바다로 모든 이를 품길 진심으로 빈다. 아울러 당신에게도 관용의 마음이 퍼지길 빈다.

지금 나는 '네덜란드 국적을 가진 아이'의 부모

내 모든 정체성이 '이민자'라는 한 단어로 뭉뚱그려지는 순간들

모라리아(Moraria), 리스본(Lisbon), Drawing by 옐로우덕, 2018

리스보아, 관용의 도시

부모의 자격

어느 날, 편지 한 통을 받았다.

수신자는 나, S.Y Choi였고

발신자는 IND, 즉 네덜란드 이민국이었다.

발신자 이름을 보고는 가슴이 철렁했다. 드디어 올 게 왔구나. 편지를 바로 뜯지 못하고 수신자에 쓰인 내 이름을 한참 동안 바라봤다.

- Mevrouw (Madam) S. Y Choi

약자로 쓰인 내 이름이 참 작아 보였다. 크게 심호흡을 한 후 조심스레 편지를 뜯었다. 머릿속에서 울리는 드럼 소리가 어지러웠다. 두구두구두구두구두구….

형식적으로 시작된 편지엔 질문이 하나 있었고, 나는 그 문장을 한 자 한 자 번역기로 옮겼다. 그러자 이런 영어 문장이 나왔다.

- "Can you explain what will change in your child's life if you are not allowed to stay in the Netherlands?"

(만약 당신의 네덜란드 체류가 거부된다면 당신 자녀의 삶에 어떤 변화가 있을지 설명할 수 있는가?)

순간 수많은 감정이 심장과 머리를 쾅쾅 때렸다. 놀람, 당황, 황당, 어리둥절, 의아, 어이없음, 모욕, 분노, 슬픔, 서러움, 짜증… 긍정적인 감정은 없었다. 편지 끝엔 추가 서류와 함께 위의 질문에 답을 작성하여 2주 안으로 보내라고 쓰여 있었다. 쓰으읍 크게 숨을 들이마시고 마른 세수를 했다. 밖에 나갔던 카밀이 들어왔다. 그에게 편지를 넘겼고, 5초 후 그는 이게 뭐냐며 불같이 화를 냈다.

비자라는 장벽은 높기만 하다. 항상 '나중에'란 카테고리에 깊숙이 쑤셔 넣고 애써 모른 체하며 그 벽을 마주하기란 여간 고충이 아니다. 손안에 쏙 들어가는 크기의 여권만 흔들면 어디든 통과하던 '여행자의 자유'를 버리고 모두가 당연시하는 '거주자의 안정'을 지난한 절차를 거쳐 취득해야 한다. 안 그러면 우리 가족은 찢어지니까. 네덜란드 국적이 있는 남편과 아이를 두고 한국 국적의 나 혼자 모국으로 돌아가야 하니까. 기약 없이 카밀을 '당분간 아내 없는 남편'으로, 미루를 '당분간 엄마 없는 아이'로 두어야 하니까. 다문화 가족은 공권력에 의해 너무나 쉽게 찢어질 수 있는 불안정한 형태의 가족이다. 그리고 그 공권력은 상상외로 폭력적이다. 가족이 찢어지는 불행을 피하려면 그 폭력을 견뎌야 한다.

2020년 여름, 코로나가 세상을 정복한 상황에서 더 이상 여행할 수 없었던 우리 가족이 장기적으로 지낼 수 있는 나라는 사지선다의 예보다 적었다. 결국 한국이냐 네덜란드냐 둘 중 하나였는데, 고민 끝에 네덜란드를 택했다. 이 나라에서 장기 체류하려면 네덜란드 국적을 가진 아이의 부모로서 체류하는 가디언 (Guardian) 비자, 즉 부모 비자를 신청하는 게 가장 빠르고 효과적이었다. 이렇게 자식 덕을 보다니, 미루야, 네가 벌써 효도하는구나. 준비해야 할 서류는 여러 가지가 있었는데 결국 논지는 하나였다.

- 이 아이가 당신의 아이임을 증명하시오. 그리고 양육에 큰 역할을 하고 있음을 증명하시오.

예시가 있었다. 출생부터 현재까지 같이 지낸 시간을 증명하는 사진들, 아이의 원만한 학교생활에 큰 역할을 한다는 학교의 추천서, 예방접종 증명서 등등… 행정적으로 어쩔 수 없는 절차라는 건 이성으로는 이해했지만 감정으로는 억울하고 슬프기만 했다. 우린 그저 같이 있고 싶을 뿐인데!

하드 드라이브에서 잠자던 사진들을 깨웠다. 미루와의 역사가 눈앞에 펼쳐졌다. 출산 후 퉁퉁 부은 몸으로 처음 아이를 안았을 때의 모습, 조리원에서 미루에게 젖을 물리고 승리의 브이 자를 그린 모습, 같이 노래 부르며 걷는 모습… 잠시 애초의 목적을 잊고 추억에 빠져 시간 가는 줄 모르고 사진을 봤다. 그래, 이랬었지. 이런 시절이 있었지. 항상 카메라 뒤에서 셔터를 누르는 사람은 나였기에 의외로 나와 미루가 함께 있는 사진은 적었지만 그래도 중요한 순간을 나눈 사진은 충분했다. 사느라 바빠 잊었던 나와 미루와의 시간을 이렇게 돌아보게 되다니, 이게 이민국의 순기능인가?

준비 과정은 의외로 시간이 걸렸다. 한국으로부터 특급 배송으로 서류를 받자니 돈도 만만치 않게 들었다. 귀찮고 짜증 났지만 차곡차곡 준비했고 수신자 칸에 이민국이라고 쓰인 봉투를 조심스레 우편함에 넣었다. 그리고 곧 6개월 후에 결과를 받을 거라는 편지를 받았다.

자, 6개월이 지났다. 그들은 내게 다시 질문을 던진다.

- 만약 당신의 네덜란드 체류가 거부된다면 당신 자녀의 삶에 어떤 변화가 있을지 설명할 수 있는가?

뭐 이따위 질문이 다 있어? 버럭 화를 낼 수도 있지만 달리 생각하면 이건 꽤 철학적인 질문이다. 당연시하는 부모 자식 관계를 비틀어 좀 더 냉정하게 분석하라고 한다. 그래, 한번 생각해보자. 체류가 거절되어 나 혼자 한국으로 돌아간다면 미루의 삶에는 어떤 변화가 생길까? 우선 카밀이 경제 활동과 더불어 학교 및 모든 육아를 책임져야 하니 그 부담이 엄청날 거다. 작지만 중요한 일들을 못 챙기고 아이의 마음을 제때 헤아리지 못할 수도 있다. 시부모님이나 주변으로부터 얼마만큼 실질적 도움을 받을 수 있을지 의문이다. 미루는 날 그리워할 거고 그건 아이의 정서에 좋지 않을 것이다. 내가 떠나면 아이의 삶은 180도 달라진다. 매우 자명한 이 사실을 글로 써야 한다니… 하지만 이건 세계 모든 이민국에서 보편적으로 요구하는 절차다. 생각을 달리하기로 했다. 네덜란드 이민국이 부모 역할에 대해 진지하게 고찰할 기회를 주는 거라고. 이민국은 원래 재수 없는 곳이고 이건 그저 생색에 불과하니 대인배의 마음으로 못 이기는 척 맞장구치자고. 우린 추가 서류 및 답변을 완성하여 봉투에 넣고 이민국으로 보냈다. 우편함에 넣으며 나는 그 유명한 영화 대사 하나를 중얼거렸다.

- 고마 해라. 마이 무따 아이가.

그로부터 몇 달 후, 5년짜리 부모 비자 취득을 통보하는 편지를 받았다. 가까운 이민국 사무실에 가서 신분 확인을 하고 지문 채취를 하고 사진을 찍었다. 그리고 우리나라 주민등록증 크기와 비슷한 플라스틱 신분증을 발급받았다. 직원은 신분증을 건네며 나긋나긋하게 "Welcome to the Netherlands" 라고 말했다. 나는 고맙다는 말 대신 미소를 보냈다. 집에 와서 긴장을 풀기 위해 커피를 내렸다. 커피를 홀짝이며 지갑에서 신분증을 꺼내 요리조리 돌려봤다. 허허, 요 작은 걸 받기 위해 그 생쇼를 했단 말이지… 신분증에 빛이 반사되자 무지개색이 되었다. 학교에서 미루가 돌아왔다. 아이는 오자마자 엄마! 하며 내 품에 쏙 안겼다. 아이의 체온을 온몸으로 느껴며 부비부비 뽀뽀를 하고 미루에게 물었다.

- 미루야. 엄마가 미루 엄마 맞지? 그리고 미루는 엄마 딸이지?

미루는 무슨 그런 질문이 있냐는 듯 미간을 찌푸렸다.

- 당연하지! 왜?

- 아니야.

- 왜에~?

- 아무것도 아니야. 그냥 확인하고 싶어서. 사랑해 미루야.

- 나도 엄마 사랑해.

네덜란드가 날 받아주기까지 꽤 오랜 시간이 걸렸다. 단, 조건이 있다. '미루의 엄마'라는 조건. 이 조건을 충족시키지 않으면 나는 이 나

페낭(Penang), 말레이시아(Malaysia), Photo by 카밀, 2020

브뤼헤(Bruges), 벨기에(Belgium), Photo by 카밀, 2022

라에서 지낼 수 없다. 하지만 내가 이 조건을 충족하는지 판단할 사람은 세상에서 단 한 명이다. 미루가 다시 날 꼬옥 안았다. 사랑한다고 말하며. 그래, 다른 것 필요 없다. 비자고 뭐고 "엄마 사랑해" 이 대답 하나만으로 난 이 조건을 충족한다. 난 이 아이의 엄마다.

네덜란드 이민국은 나에게 부모 역할에 대해 진지하게 고찰해볼 기회를 주었다. 나는 '미루 엄마' 라는 조건으로 5년짜리 부모 비자를 취득했다.

아버지의 날 (Father's day), 온 가족이 약 11km를 달렸다. 네덜란드, 2023

잡초

한때 "요즘 뭐해?"란 질문을 받으면 주저 없이 답했다. "잡초 뽑아!"

시작은 단순했다. 시댁에서 살 때, 봄이 오자 겨우내 느슨했던 정원 관리를 시작하신 시부모님께서 일이 많으니 도와달라고 요청하신 게 계기였다.

시댁의 정원에는 네덜란드어로 '제이븐블라드 (Zevenblad)', 영어로 '고트위드 (Goutweed)', 한국어로 '참나물'이라고 불리는 잡초가 정원 전체에 퍼져 있었다. 참나물은 그 뿌리가 깊고 넓게 퍼져 있어서 막상 자라야 할 식물들이 제대로 못 자라기 때문에 뽑아야 한다. 자라는 속도도 빨라서 땅 위로 살짝 고개를 내민 녀석을 그냥 두면 며칠 사이에 훌쩍 자라 뒤통수를 때린다. 시부모님의 부탁에 생각 없이 걷은 소매였지만, 그만 난 단순노동이 주는 무아지경과 뿌리 끝까지 뽑아낼 때의 짜릿함, 그리고 '이 구역 잡초는 내가 뽑는다!'란 뚜렷한 목표 의식에 푸욱 빠져버렸다. 시간이 날 때마다(솔직히 시간은 따로 낼 필요 없이 넘쳤다) 정원을 어슬렁거리며 잡초를 뽑았고, 더 이상 뽑을 게 없으면 왜 없냐며 투덜댔다. 카밀은 멀쩡한 식물을 왜 뽑냐며, 못 뽑아 안달하는 나를 한심해했다. 뽑아도 또 자랄 텐데, 그 시간에 쓸모 있는 (돈 되는) 일을 하지 왜 하나마나한 일에 매달리냐고 말이다. 하지만 잡초 때문에 자랄 게 제대로 못 자라는데 그걸 어떻게 눈 뜨고 방치한단 말인가.

과장 조금 보태서 내게는 잡초가 반드시 뿌리 뽑아야 할 적폐(식상한 말이라고 해도 어쩔 수 없다)로 보였다. 자라나는 새 생명을 잡아먹는 적폐들이여, 내 기꺼이 정의의 칼날을 뽑으리! 내 허리가 작살나는 건 상관없다, 정의를 구현할 수만 있다면! 안다. 난 과몰입했다.

누구 말마따나 "해봤으니 말인데", 단도직입적으로 말한다. 잡초 뽑기는 웬만한 인내심과 정신 수양이 없으면 할 수 없는 일이다. 잡초를 우습게 보지 말라. 우선 참나물만 보더라도 쉽게 뽑히는 잡초가 아니다. 마치 땅속에서 미꾸라지가 요리조리 헤엄치듯 끝도 없이 길게 뻗어 있는 뿌리의 길이에 놀란다. 천천히 흙을 걷어내며 그 뿌리를 따라가다가 급한 마음에 확 당겨버리면 중간에서 뚝 끊어진다. 으악! 비명이 절로 나오며 미쳐버린다. 뿌리째 뽑아내야 녀석들이 다시 안 자라는데, 이렇게 중간에서 끊어지면 카밀 말대로 하나마나한 일이 된다. 이상하게 한 번 끊긴 뿌리는 다시 찾을 수 없었으니, 피난 통 수많은 인파에 손을 놓쳐 생이별하고 마는 이산가족처럼 나머지 뿌리는 흙 속으로 사라졌고 나는 나의 완벽주의를 누르며 미련 없이 다음 참나물로 넘어가야 했다. 작은 참나물도 이러한데 내 키까지 올라온 큰 참나물은 어떠랴. 잡초 뽑으며 정신 수양을 하게 될 줄이야.

요즘 뭐해?

잡초 뽑아~

잡초가 고약한 점은, 오늘 다 뽑았다고 자부하면 다음날 꼭 한두 녀석이 '메롱~ 난 못 봤지롱!' 하며 고개를 치켜든다는 거다. 시지프스 신화의 시지프스의 마음을 이해할 정도라면 과장일까. 몇 번을 읽고 또 읽고 수정한 후 자신 있게 세상에 내놓은 책에서 다시 오타를 발견해 교보문고 한복판에서 오열하는 출판사 편집자의 좌절을 이해할 정도라면 과장일까. 녀석들이 화합하여 수작을 부리는 게 틀림없다며 흥분하는 날 카밀은 또 한심하게 바라봤지만 이는 잠재된 내 경쟁심을 건드렸다. 간교한 녀석들, 니들이 날 건드려야? 그려, 니가 이기나 나가 이기나 어디 한번 해보자고잉. 어차피 난 잃을 게 없당께. 코로나 땜시 꼼짝없이 갇힌 나가 뵈는 게 뭐가 있겄쓰. 다 없애주겄쓰! 잡초는 완벽주의와 더불어 내 경쟁심도 끌어냈다.

하지만 내가 잡초에 푹 빠진 진짜 핵심은 이거다. 바로 내 마음을 울렸다는 것. 세상 걱정 잊게 해주고 연민의 감정까지 끌어올렸다는 것. 종종 나는 가수 나훈아의 노래 '잡초'를 흥얼거렸다. 이게 나만 이런 건지, 아니면 이 노래를 듣고 자란 내 세대가 가진 공통된 감성인지는 모르겠지만, '잡초'라는 단어에 바로 "이~름 모르을~ 잡초야아!"라고 반응하게 되는 건 어쩔 수가 없다. 특히 '모르을~' 하고 꺾어지는 부분은 기가 막힌다. '잡초'는 그야말로 명곡이다. 리듬도 기깔나고 가사도 기똥차다.

아무도 찾지 않는 바람 부는 언덕에
이름 모를 잡초야
한 송이 꽃이라면 향기라도 있을 텐데
이것저것 아무것도 없는 잡초라네
발이라도 있으면은 님 찾아갈 텐데
손이라도 있으면은 님 부를 텐데
이것저것 아무것도 가진 게 없어
아무것도 가진 게 없네

자조적인 이 노래는 내 상황에 찰떡처럼 대입된다. 생각해보라. 지금의 나도 잡초다. 아무것도 가진 것 없이 네덜란드란 나라에서 발음이 어렵다며 이름도 제대로 불리지 못하고 그저 '키 작은 동양 여자'로 분리되는, 한때 팬데믹 때문에 님에게도 가지 못했던, 무색무취의 이방인인 나. 그러니 어찌 연민이 생기지 않을쏘냐. 분명히 이 녀석도 세상에서 쓸모 있고 싶었을 텐데, 하필 태생이 잡초라니. 결코 섞이지 못하고 결국엔 누군가로부터 추방될 그런 잡초라니. 그런데 난 그런 잡초를 뽑는다. 내가 나를 뽑는 행동을 자각하며, 적폐를 제거하는 개혁 검사이면서도 같은 민족을 배신하는 일제강점기의 밀정이 되는 내 처지의 아이러니에 헛웃음이 났다.

그렇게, 어느 봄날에, 나는 가열차게 잡초를 뽑았다. 그리고 다시 봄이 오자 그 기억을 잊지 않고 내 몸이 반응했다. 시부모님이 정원 가꿀 준비를 하실 거라는 걸 알기에 잡초를 뽑고 싶어 온몸이 근질거렸던 것이다. 어딜 가든 눈에 잡초만 들어왔다. 바야흐로 잡초 타임! 여전히 나는 과몰입 중이었다.

"요즘 뭐해?"란 질문에 "잡초 뽑아!"란 대답이 초라해 보일 수 있다. 꽃을 피우기 위해 필요한 일이지만 당장은 결과가 보이지 않으니까. 현재 내 활동은 결과가 보이지 않는다. 체류권을 획득했으니 네덜란드에서 합법적으로 일할 수 있지만 많은 장애물이 앞을 가로막는다. 언어가 가로막고 텃세가 가로막고 팬데믹이 가로막는다. 하지만 나는 평소 하던 대로 그림을 그리고 글을 쓰고 사진을 찍는다. "요즘 뭐해?" 하면 "하던 거 해" 한다. 지금의 내 일은 잡초 뽑기와 같을까. 훗날 필 꽃을 위해 열심히 그 길을 닦는 거라고 말할 수 있을까. 그러면서 조급하지 않고 당당할 수 있을까.

내 허리가 허락하는 한 계속 잡초를 뽑고 싶다. 잡초 옆에 자라는 가시 돋친 식물로부터 손을 보호하기 위해 목장갑을 끼고, 가지런히 걸려 있는 모종삽 중 내 손에 익숙한 삽을 들고 말이다. 난 잡초 뽑기가 좋다. 세상 걱정 다 잊고 무념무상 속에서 단순한 육체노동을 반복할 때 오는 희열과 깨끗한 흙을 볼 때의 성취감이 좋다. 이는 복잡한 현실에서 꼭 필요한 정서적 위로다. 허리를 못 펴고 엉금엉금 길 정도로 몸을 혹사하기 전에 적당한 때를 찾아 멈추는 자제력도 기를 수 있어서 좋다. 때로 약초로도 쓰인다던데, '알고 보니 쓸모 있는 녀석이었어!' 하며 몰랐던 잡초의 가치를 알게 될 때도 좋다. 수많은 역할을 등에 지고 수많은 의미가 함축된 잡초를 뽑고 싶다. 그러기 위해서는 허리를 잘 관리해야 한다. 매일 마사지 좀 해달라고 조르는 내가 귀찮았는지 카밀은 생일 선물로 미니 마사지 기계를 줬다. 최고의 생일 선물이었다. 알고 보니 잡초는 내 건강까지 생각하여 사람을 조종하는 기특한 녀석이었다.

시어머니는 내가 참나물을 잘 뽑은 덕에 꽃이 풍성하게 잘 피었다며 정원에 핀 온갖 꽃 사진을 보내주셨다. 뿌듯했다. 이런저런 이유로 잡초를 못 뽑아 송구한데, 요즘의 시댁 정원이 어떨지 궁금하다. 내년 봄을 기약하자.

지금의 나도 잡초다.

잡초 같은 우리의 삶이여! 포르투갈에서, 2014

사주는 됐고, 생긴 대로 살래요

나는 점 보는 걸 좋아한다. 누군들 아니겠냐만, 내 인생이 어떻게 될지 너무 궁금하기 때문이다. 이른바 '수순대로의 삶'을 살고 있지 않기에, 해마다 새로운 내가 태어나는 것 같다. 작년의 나와 재작년의 나, 또 그전의 나는 처한 환경이나 생각이 너무 달라서 마치 다른 사람처럼 거리가 느껴진다. 나에게 과거의 나는 모두 매해 다른 사주를 가진 이방인이다.

점 보는 걸 좋아한다고 하면 친구들은 의외라고 한다. "점 따위 믿지 않아! 내 운명은 내가 개척해!" 라고 외치는 사람처럼 보인다나. 하지만 복채가 비싸서 못 볼 뿐이지, 머리가 복잡하거나 선택의 기로에 있을 때 용한 무속인이 있다는 얘기를 들으면 귀가 펄럭거린다. 정통 명리학도 봤고 성명학도 봤고 신점도 봤고 타로도 봤다. 누군가 "당신은 이렇소!"라고 얘기할 때, 원래 알고 있는 내 모습을 확인하는 것도 재미있고 '내가 그런가?' 의문을 가지는 것도 재미있다. 명리학은 엄밀히 따지면 통계학인데 그걸 어떻게 해석하느냐에 따라 용하다 아니다 갈리는 것도 재미있다. 타인이 분석하는 나는 꼭 남 같아서, 그

간격이 주는 짜릿함도 재미있다. 미래에 대해 답을 얻기보다는, 주고 받는 말 속에서 스스로 답을 찾는 상담 같은 거라서 재미있다.

작년의 나와
올해의 내가 다르다

50개의 나!
기대되는 나!

한국에서 살던 어느 날, 소원했던 지인이 바람처럼 나타나서 내 사주를 봐줬다. 못 본 사이 대금을 배웠고 명리학을 공부했다고 했다. 안 그래도 머리가 복잡해서 점이나 볼까 했는데 이렇게 짜잔 나타나 내 생년월일을 묻다니, 인생 참 재밌네, 생각했다. 더불어 직접 들고 온 대금으로 산조 한 곡 멋들어지게 뽑아주시니, 이거 꽤 괜찮은 사업 아이템이지 않은가? 운세 봐주고 서비스로 대금 연주 한 곡. 복채로 7만 원? 노래는 방탄소년단?

- 고집이 무지 세네요.

지인은 이미 알고 있는 내 모습 하나를 확인시켰다.

- 저 꼰대예요.

- 슈퍼 꼰대네, 슈퍼 꼰대.

- 그게 다 사주에 보여요?

- 다 보여요.

흠… 꼰대인 건 인정하겠지만 슈퍼 꼰대일 것까지야….

문득 신점 봤던 게 생각났다. 한국 생활 2년 차가 넘어갈 때, 한국을 떠나느냐 마느냐로 카밀과 크게 실랑이를 벌인 후 결론을 못 내려 너무 답답해서 보러간 신점이었다. 갓 신내림을 받아서 이른바 '신빨'이 좋다고 했다. 의정부역 근처의 신당에서 만난 무속인은 투 블록 머리 스타일에 방송인 조세호를 똑 닮은, 20대 중반의 청년이었다. 티셔츠와 반바지를 입고 손님을 맞는 평범한 모습과 상담을 위해 의복을 갈아입고 나온 모습의 차이가 꽤 커서 놀랐다. 그는 자리에 앉자마자 나에 대한 팩트 몇 개를 히로시마 원폭 투하하듯 팍팍 내뱉었다. 입도 뻥끗 안 했는데 말이다.

- 외국인하고 결혼하셨어요?
- 아, 예. (솔직히 내가 한국 남자에게 인기 있을 스타일은 아니지)
- 뭐… 전시회 같은 거 하고 방송에 나온 적 있어요?
- 예. 맞아요. (내가 예술 좀 하게 생겼지)
- 그런데 남편이… 영어권은 아니네요.
- 예. (앗, 이건 어떻게 알았지?)
- 아이는 몇 살?
- 6살이요.
- 아이가 꽤 어릴 때부터 돌아다녔네요.
- 예… (오! 이건 정말 어떻게 알았지??!!)
- 오케이… 자! 이제 궁금한 거 물어보세요.

조세호 청년은 내 썰을 푸는 대신 바로 질문으로 들어갔다. 자기는 사주팔자니 그런 건 모르고 그저 모시는 신이 옆에서 해주는 말을 옮기는 것뿐이라고 했다. 나는 수첩에 적어온 것들을 물었고 그는 하나하나 답했다. 지금 보면 맞은 것도 있고 안 맞은 것도 있다. 제일 기억에 남는 건 미루와 내가 손잡고 걸어가는 모습이 보인다고 한 거였다. 즉 미루와 난 서로를 돕는 상생의 관계이니 뭐든 같이 하라고 했다. 그 한마디에 기분이 좋아져서 속으로 '그래, 다른 건 몰라도 이거 하나 건졌으니 됐어! 이 재미에 점 보는 거지!' 라고 쾌재를 불렀다. '미루와 상생의 관계' 라는 말은 지금도 종종 마음에 새긴다. 엄마로서 마음가짐을 다져주는 말이랄까. 청년은 석 달 후 다시 오라고 했지만 가지 않았다.

- 희한한 사주네요.

지인은 명리학책을 뒤적이며 계속 내 사주가 희한하다고 했다. 그동안 돌아다닌 걸 생각하면 틀린 말은 아니다. '희한한 사주'라는 말에 괜히 특별한 사람이 된 것 같아 으쓱했지만, 곧 그게 좋은 건지 아닌 건지 헷갈렸다. 좋으면 좋고 아니면 아닌 거지 희한한 건 또 뭐야? 나는 이렇게 말했다.

- 저기요, 그냥 생긴 대로 살래요.

복채 대신 밥을 샀다. 그는 공부를 더 한 후 다시 봐주겠다고 했다. 그때는 해석이 달라질 수 있을 거라며. 지금 누군가 내 사주를 봐준다면 꽤 재미있을 것 같다. 의정부의 조세호 청년도, 내 지인도, 그동안 만났던 무수한 무속인도, 현재 상황을 점쳤을까? 팬데믹으로 여행이 중단되고 네덜란드에서 살게 될 걸 알았을까? 누가 아는가, 신들이 여러 차례 경고하고 책의 몇 장 몇 페이지에 떡하니 있음에도 무관심과 오만으로 가득찬 인간이 미처 알아채지 못했거나 무시했을지.

더 이상 "생긴 대로 살래요"라고 말할 수 없는 세상이다. 변수와 변이가 너무 많기 때문이다. 콩 심는 데 콩 나고 팥 심는 데 팥 나는 자연스러운 인과관계가 어려운 세상에서 미래를 예측하는 게 가능한지, 아니, 의미가 있을지 의문이다. 어차피 컨트롤할 수 없는 운명, 될 대로 되라지! 그래도 지난 50년의 타임라인에 전혀 알아보지 못할 다양한 이방인의 모습으로 서 있는 50개의 나를 생각하면 그저 신통방통하다. 그 50명을 모두 토닥이고 싶다. 될 대로 되지 않고 잘 버텨왔다고.

오늘, 웬일로 날이 좋다. 사주 보기 딱이다. 사주 앱을 열어 '오늘의 운세'를 보다가 문득 지인에게 연락하고 싶어진다. 물론 난 내 사주가 좋다고 믿어 의심치 않기에, 굳이 올해의 운세를 물어보려는 건 아니다. 그냥 대금 산조를 듣고 싶다. 고단한 인생을 위로할 산조를.

미루와 난 서로를 돕는 상생의 관계다. 포르투갈에서, 2015

동양인 며느리

시댁에 시어머니 친구 세 분이 오셨다. 그림 그리기가 취미인 시어머니는 세 분과 정기적으로 그림 모임을 가지셨는데, 팬데믹으로 사적 모임이 금지되어 오랫동안 모이지 못하다가 록다운이 풀리자 다시 모인 것이다. 오랜만에 나온 봄날의 해가 반가웠는지 (이놈의 빌어먹을 비!) 시어머니는 거실이 아닌 뒷마당에 그림 그릴 자리를 만드셨다. 일찍부터 다과 준비를 하신 시어머니는 컵과 접시를 들고 부엌과 뒷마당을 분주히 오가셨다. 난 도와드릴 일 없냐고 여쭸고 그러자 시어머니의 표정이 활짝 펴졌다. 여기서 누군가는 말할 것이다. "그런 건 며느리가 알아서 척척 해야지!" 라고. 맞다. 충분히 그럴 수 있다. 하지만 네덜란드는 다르다. 시어머니는 내가 나서는 걸 전혀 기대하지 않았다.

시어머니는 손님의 기호를 확인한 후 커피 석 잔과 티 한 잔을 준비해 달라고 부탁하셨다. 나는 부엌에서 커피를 내리고 찻주전자 하나를 만들어 차판에 담았다. 그러고는 한참 집중해서 그리시는 분들 옆에 사뿐히 잔을 내려놓았다. 그러자 손님 한 분께서 네덜란드어로 뭐라고 하셨고, 그걸 시어머니께서 통역해주셨다.

- 이렇게 서빙하면 기분이 이상하겠다고 하셨어.

잉? 웬 서빙? 집에 온 손님께 커피 대접해 드리는 게 뭐가 이상하다고? 잠시 고개를 갸우뚱하다가 손님 말의 의도가 확 느껴졌다. '아! 이런 일 시켜서 미안하단 뜻이구나. 이렇게 가져와 '서빙'까지 하다니, 괜히 웨이트리스 부리는 것 같았나 보구나.' 순간 피식 웃음이 났다. 한국에선 며느리가 찻상 내오는 게 당연한 일인데 말이지. 시어머니 친구분이 오셨는데 같이 사는 며느리가 '감히' 나 몰라라 가만히 있다고? 안 되지! 욕먹어도 한참 먹지! 나는 웃으며 대답했다.

- 걱정 마세요. 한국에선 며느리가 아무것도 안 하면 큰일 나요.

시어머니와 손님은 잠시 생각하시더니 웃음을 터뜨리셨다.

- 문화 차이인가 보네. 알고 보니 지금 당신이 손해 보고 있네요!

문화 차이가 모든 것의 정답인 듯 웃다가 손님 한 분이 시어머니께 말했고 시어머니도 농담으로 받아치셨다.

- 그러게요. 승연이 너무 서양화(westernized)된 거였어요.

다시 터지는 웃음. 괜히 말했나 싶었지만 딱히 그 분위기를 깨뜨리고 싶지 않아서 조용히 물러났다.

- 또 필요한 거 있으시면 말씀하세요. 그럼 이만 한국인 며느리는 물러갑니다앙~ .

벌써 결혼 12년 차다. 그동안 시댁을 방문한 횟수는 적었지만 '시댁 생활'을 모르는 건 아니다. 한 번 방문하면 한 달 정도 머물렀고, 또 결정적으로 지금 사는 도시로 이사오기 전, 10개월 동안 같이 살았다. 국제 결혼을 신기해하는 친구들은 항상 시댁을 궁금해했다. 그때마다 나는 시댁이야 다 똑같은 거 아니냐며 대충 얼버무렸지만, 다른 점 하나는 분명히 있다. 지금까지 시부모님이 내게 '며느리' 역할을 요구한 적이 없다는 것. 나는 항상 당신 집을 방문한 '손님'이었고, 그래서 손님으로 '대접' 받았다는 것.

처음 시댁을 방문했을 때, 이른바 '미래의 며느리'로서 무얼 해야 할지 몰라서 안절부절못했었다. '시댁'이란 콘셉트는 티브이 연속극에서만 봤었기에 편하게 있으라는 말 뒤에 있을 몇 겹의 뉘앙스를 캐치하지 못해서 앉았다 일어났다 엉거주춤을 반복했다. 그 말이 그 뜻 그대로일 줄이야. 이런 내 불편함을 아는지 모르는지 카밀은 그저 시아버지와 대화하기 바빴고, 난 에라 모르겠다 상상만 하던 카밀의 본가를 관찰했다. 개구진 표정의 어린 시절 카밀이 액자 속에서 동생과 장난치고 있었고 수준급의 목공 실력을 자랑하는 시아버지가 만드신 가구들이 여기저기 뽐내고 있었다. 마침내 저녁상이 올라왔고 맛있게 저녁을 먹었다. 시아버지가 요리하신 버섯 크림수프는 지금까지도 내가 먹은 크림수프 중 최고다. 겨자 소스의 달짝지근하고 톡 쏘는 맛과 버섯의 고소함이 빚어내는 환상의 맛!

시댁은 아직도 어렵다. 내가 등장하기 전까지 한국이란 나라에 대해, 아니 아시아 자체에 관심이 없으셨던 분들이라 더 그렇다.

- 너희 나라에서도 남자가 요리하니? 너희 나라에서도 남자가 설거지하니?

시아버지가 이런 질문을 할 때면 길을 걷다 방지턱에 턱 걸리는 느낌이다. 그는 꼭 '한국'이 아닌 '너희 나라', 즉 'your country'라고 하신다. 솔직히 이런 질문은 비록 순수한 호기심일지라도 '여기 남자는 다르다'란 약간의 으스댐과 네덜란드인 특유의 자부심이 묻어 있는 불편한 질문이다. 그때마다 나는 "시대가 변해서 요즘은 많이 해요."라고 답하지만 그건 순간의 불편함을 벗어나려는 불성실한 답변이다. 사실 시아버지께 일일이 가부장제를 설명할 수도 없는 노릇이다. 달마다 있는 제사와 명절 때 해야 하는 노동량을 말해봤자 뭐하겠는가? 그의 의도를 '일하는 사람, 노는 사람 따로 없고 어지르는 사람, 치우는 사람 따로 없이 남녀 모두 공평하게 집안일을 하는 네덜란드에 시집온 게 얼마나 행운인지 확실히 알아둬라'라고 해석한다면, 그건 내 자격지심일까?

어렸을 적 큰댁에 모여 북적이던 명절 및 제사 풍경을 기억한다. 큰어머니는 밥, 국, 반찬 및 별식을 만드셨고 작은 큰어머니는 생선을 준비하셨고 막내며느리인 엄마는 손이 가장 많이 가는 전을 만드셨다. 엄마표 육전이 제일 인기가 많아서 다들 제사 직전 야곰야곰 몰래 주워 먹었다. 아버지를 비롯해 사촌 오빠 등 우리 집안의 모든 남자가 제사상 앞에 정렬해 제사를 지냈고, 여자는 부엌 뒤편에 모여 당신의 남편들이 절하는 걸 바라봤다. 아주 평범한, 누구나 다 아는 닳고 닳은 제사 풍경이다. 사실 '시댁'이란 마치 기체처럼 물, 수증기, 얼음 등 형태와 성격이 다 달라서 아무리 다른 나라, 다른 문화라고 해도 감히 일반화할 수 없다. 알고 보면 내 시댁도 만만치 않지만, 그래도 이 나라에서는 '며느리'란 단어에 따라오는 의무가 없기에, 비록 시아버지의 질문에 벽을 느낀다고 해도 어릴 적 내가 봤던 최씨 집안 여성의 모습에 날 대입하지 않아도 된다는 사실이 그저 다행일 뿐이다.

쓰고 보니 궁금하다. 시부모님은 내가 네덜란드인 며느리가 아니어서 아쉬울까? 네덜란드인 며느리였다면 날 어떻게 대했을까? 네덜란드 시댁을 맞이한 내 팔자처럼 '서양화'된 동양인 며느리를 맞으신 시부모님 팔자도 보통 팔자는 아니라고 역지사지해 본다.

그날 오후, 오랜만에 만난 친구분과의 시간이 즐거웠는지 시어머니는 까르르 웃음을 멈추질 않으셨다. 해가 주섬주섬 짐을 쌀 무렵엔 그럴듯한 네 장의 그림이 완성되었다. 시어머니의 그림은 꽤 추상적이었다. 아, 물론 다시 도와달라 부르시는 일은 없었다.

나는
네덜란드 시댁의 며느리

우리 엄마는
최씨 집안 며느리

내 얼굴의 마술

내 얼굴은 다국적이다. 부모님을 절묘하게 닮았으면서도 우리가 흔히 생각하는 '백인' 얼굴과 '흑인' 얼굴만 뺀 모든 인종을 담고 있다. 근 13년간 세계를 떠돌며 만난 사람들이 내 출신을 궁금해할 때마다 별의별 국가 이름이 다 나왔다. 일본과 중국은 애교고 베트남, 태국, 필리핀 등 모든 동남아시아 국가와 인도, 파키스탄, 하다못해 콜롬비아, 페루 같은 남미 국가까지. 어딘지 딱 꼬집을 수 없을 땐 의심 가득한 눈으로 '분명 한국인은 아닌데…' 하는 건 예사였다. 어찌 된 게 하나같이 한국만 쏙 빼놓던지. 내 얼굴에 한국인의 얼굴은 없는 걸까? 가무잡잡한 피부에 주먹 하나가 들어갈 만한 큰 입, 살짝 튀어나온 하관, 지나치진 않지만 보통보단 약간 넓은 미간과 쌍꺼풀 없는 눈, 이런 요소 때문일까? 자, 이쯤 되면 질문이 나올 법하다. 대체 한국인의 얼굴이란 뭘까?

한번은, 지인이 운영하는 합정동 한 바(bar)의 야외 테이블에 미루와 함께 앉아 있었다. 그때 한 어르신이 합석했는데, 살짝 풀린 눈과

두툼한 검은색 비닐봉지를 검지 손가락에 걸고 비틀대는 모양새가 이미 거나하게 취한 상태였다. 어르신은 미루와 날 번갈아 보더니 헛기침을 한 번 하고는 제법 정중하게 물었다.

- 저기… 어디서 오신 분인지… (정확한 워딩은 기억 안 나지만 분명히 국적을 묻는 말이었다)

- 아, 한국입니다.

- 아, 예… 그런데… 한국 이전에는?

- 예?

- 한국 이전에는 어디서…

- (무슨 말인지 잘 이해를 못 해서) 어……

- 고향이 어디세요?

- 서울인데요. (그제야 감을 잡고) 아, 저 토종 한국 사람입니다.

- 아이고, 그러시군요! 한국 분이시군요! 토종 한국 사람! 아이고, 이런… 죄송합니다….

하하하! 어르신은 민망했는지 벌떡 일어나 몸을 90도로 숙이며 "그럼 들어가 보겠습니다아~" 하더니 골목 안으로 비틀비틀 시나브로 사라졌다. 어르신은 분명 내가 한국 총각에게 시집온 동남아시아 여성이라고 생각했을 거다. 아이 아빠가 외국인이라고 했을 때 "엄마도 한국인 같진 않은데!"란 말을 귀에 인이 박이도록 들었는지라 잊을 만할 때쯤 벌어지는 이런 에피소드는 엄마와 통닭 한 마리 뜯으며 주고받는 농담거리가 되었다. 부모님 모두 지극히 평범한 한국인 얼굴인데, 도대체 엄만 임신 때 뭘 하신 걸까? 엄마는 이렇게 말하실 거다. "얼라려, 요년 봐라? 그걸 와 내 탓 하노? 그거야 니 팔자지. 야야, 그게 다 개성 있단 말 아이가. 있는 게 없는 것보단 낫지, 안 그래? 그래도 니 어릴 땐 억수로 귀여웠다!" 아, 예에~ 예에~ 하모요, 그렇고 말고요.

팬데믹으로 태국에서 5개월을 갇혀 지낸 후 여행을 포기하고 네덜란드행을 결정했을 때, 비행 날이 다가올수록 심장이 뛰고 입이 마르고 초조했다. 비행 당일 아침, 수속을 마치고 게이트 앞에서 탑승을 기다리는 그 순간의 긴장이란… 좁은 좌석이 불편하다며 뒤척이는 카밀과 신난다며 창밖의 구름을 보는 미루를 애써 무시하며 명상을 위해 눈을 감았다. 이런 적이 없었는데 도대체 왜 이럴까. 그런데 번쩍 이런 생각이 들었다.

- 아, 내가 아시아를 떠나는 게 싫구나!

그랬다. 아시아를 떠나기 싫었다. 예전부터 나는 서유럽의 이성적 사고에 종종 숨이 막혔다. 칸트니, 순수이성비판이니, 뭐든 이성적으로 접근하고 인간의 감정은 이성보다 한 단계 낮게 보는, 한국인 특유의 '정' 같은 건 비빌 틈이 없는 차갑디차가운 그들의 사고 말이다. 물론 크나큰 유럽을 하나로 정의하는 건 불가능하지만 초코파이에 촛불 하나 꽂고 마음을 나누는 아시아인의 '정'과는 확실히 다른 사고였다. 그걸 다시 겪어야 한다니, 질린 마음에 몸을 부르르 떨었다.

하지만 솔직히 이것보다 더 큰 이유는, 어딜 가든 현지화가 가능한 내 얼굴이 더는 먹히지 않는다는 사실이 억울해서였다. 태국 가면 태국인이고, 일본 가면 일본인이고, 인도 가면 인도인인, 자유자재로 삼단 변신 합체가 가능한 마술을 더는 부릴 수 없다니! 유럽에선 꼼짝없이 그저 키 작은 동양 여자일 뿐. 여자에, 동양인에, 나이도 많아, 네덜란드어도 못 해, 세계에서 둘째라면 서러울 거인국에서 키도 작아, 모든 인구가 자전거를 타는 따릉이 나라에서 자전거도 서툴러, 아! 난 암스테르담 공항에 발을 딛는 순간 약자 중의 약자, 이방인 중의 이방인이 되겠구나. 물에 둥둥 떠 있는 기름처럼 섞이지 못하고 떠돌겠구나. 노바디(nobody), 즉 무명씨가 되고 싶을 때 될 수 있는 자유도 없구나. 생각이 꼬리에 꼬리를 물자 난 바로 조종실로 달려가 '나 이 비행기 반댈세! 당장 그 키를 돌려요!!'를 외치고 싶었다. 심호흡하고 머리를 휘저었다. 아니야, 그런 거 아니야. 그저 가격 대비 최고의 태국 마사지를 받을 수 없어서, 그게 아쉬워서 그런 거야. 그래, 마사지 때문이야… 그래서 그런 거야….

물론 기장은 키를 돌리지 않았고, 지금 난 동양인이 드문 네덜란드의 작고 예쁜 도시에서 살고 있다. 사람들은 날 쳐다보지만 불편할 정도로 관심을 가지진 않는다. 팬데믹 초기만 해도 동양인을 향한 테러와 차별이 곳곳에서 벌어져서 겁먹었었는데, 다행히 해코지당한 적은 없다. 가끔 '내가 왜 아시아를 떠났던가!' 한탄할 때도 있지만, 후회할 정도까진 아니다.

난 내 얼굴이 좋다. 미인형은 아니지만 약자를 대변하고 포용하는 얼굴 같아서 좋다. 일본인도 중국인도 아닌 얇은 사 하이얀 고깔 고이 접어 나비는 한국인인 것도 좋다. '갑'인 백인들 사이에서 내 얼굴이 '을'인 사람들을 껴안을 수 있다면, 그게 방글라데시인이든 스리랑카

난 내 얼굴이 좋다.

인이든 저 멀리 태평양 한가운데의 파푸아 뉴기니인이든 난 기분 좋게 이 얼굴을 들고 다닐 거다. 무명이고 싶을 때 무명일 수 없다는 게 아쉽지만, 어쩌겠나, 즐겨야지. 산책하기 좋은 날, 숨겨왔던 관종끼를 드러내며 나 좀 봐라! 시선을 즐겨야겠다. 다 내 팔자다.

시간은 잘만 간다. 여전히 팬데믹으로 불안하지만, 별일 없고 지루하고 아무런 동요없는, 이게 행복인지 아닌지 헷갈리는 시간이 가고 있다. 여전히 난 이방인 중의 이방인이고 내 얼굴의 마술을 쓸 일은 벌어지지 않는다. 아시아로 돌아가지 않는 한 앞으로도 벌어지지 않을 것이기에, 그저 이 재주가 아까울 뿐이다. 언제 써먹을 수 있을까?

내 눈이 머무는 자리

여행하다 보면 마법처럼 내 눈이 머물고, 내 귀가 펄럭이고, 내 전신이 레이더를 발산하는 대상을 발견하게 된다. 일정 시간이 지나면 그건 하나의 카테고리가 되고 시나브로 내 취향이 된다. 취향의 수집은 유용하다. 내가 누군지 헷갈릴 때 '당신은 이런 사람이다'란 단서를 제공하니까. 그게 아무리 작은 것일지라도 나를 이루는 일부를 확인하는 건 기분 좋은 일이다.

어렸을 때부터 나를 사로잡았던 몇 가지 풍경들이 있다. 이발소, 기차역, 빨래, 문과 창문 등등. 이 풍경들을 볼 때면 그 모습을 담지 못해서 안달이었다. 뉴욕 브루클린의 흑인 아저씨들이 이발소에 모여 턱에 하얀 거품을 잔뜩 묻힌 채 농담 따먹는 풍경이 좋았고, 천막 아래 레게머리 포스터가 어설프게 달린 간이 플라스틱 의자와 긴 손톱으로 날 콕 집으며 머리 좀 하고 가라는 케냐 언니의 시골 장터 미장원 풍경이 좋았다. 뉴욕 그랜드 센트럴 기차역의 천정을 가득 메운 별자리 장식이 좋았고 언제 올지 모르는 기차를 기다리며 모두가 바닥에

누워 자는 인도 콜카타의 기차역 풍경이 좋았다. 내게 '풍경'이라는 단어는 시궁창 같은 곳에도 낭만을 부여하고 앞뒤 문맥과 전후 사정 상관없이 오직 보고 싶은 것만 보게 하는 묘한 힘을 가진 단어다.

빨래 얘기를 해보자. 황토색 건물이 전부였던 네팔 카트만두(Kathmandu)의 거리에 화룡점정 활력을 넣어주었던 빨래, 두 사람조차 나란히 걷는 걸 허락 안 하는 이탈리아 옛 도시의 좁은 골목 사이를 보란 듯이 삼삼오오 가로질러 걸려 있던 빨래, 비가 와도 젖든 말든 굳건히 자리를 지켰던 리스본의 빨래, 알록달록 혹은 거무죽죽, 색깔만으로도 집주인의 취향과 경제 사정을 적나라하게 보여주고, 펄럭이는 정도에 따라 바람의 세기와 방향, 그리고 계절을 온전히 느끼게 해준 전 세계의 모든 빨래. 난 널린 빨래를 보는 게 그렇게 좋을 수 없다.

빨래는 단어 그 자체에서 행위의 전 과정을 느낄 수 있는 단어라고 생각한다. 쌍비읍이 주는 투박함과 바로 리을로 이어지는 부드러움. 그건 노동의 성질과도 같아서 일하는 동안의 피곤함과 끝낸 후의 상쾌함을 동시에 느낄 수 있다. 이건 끝나지 않는 엄마의 가사노동을 상기시킨다. 좁은 골목 여기저기 전시된 노동의 강도는 고개를 뒤로 빼고 팔을 앞으로 쭉 뻗어 탈탈 수분을 터는 모습을 떠올리게 하고 자연스레 내가 엄마라는 사실을 자각하게 한다. 과연 빨래에서 해방되는 날이 올까? 빨래를 보다가 뜬금없이 가사 해방을 외치는 건 괜한 날씨 탓일까?

이스탄불(Istanbul), 투르키예(Türkiye), Drawing by 옐로우덕, 2018

이번엔 문 얘기를 해보자. 리스본의 구시가지에 있는 아파트의 문들은 똑같이 생긴 게 하나도 없다. 길을 걷다 장인의 손길이 잔뜩 들어간 잘 빠진 커브의 손잡이를 가진 문이나 간달프가 몸을 숙이고 들어간 호빗 집의 문처럼 왜 저렇게 작게 만들었을까 이해할 수 없는 문이 보일 때면 가던 길을 멈추고 혹시나 그 문이 열릴까 잠시 기다린다. 과연 어떤 사람이, 어떤 복장을 하고 어떤 포즈로 나올까? 십중팔구 긴 세월 이 동네를 지킨 터줏대감 어르신일 테지만 그래도 의외의 인물이 나온다면 참 재미있을 거다. 이런저런 기대감에 부풀어 가만히 문을 본다. 5초, 10초, 20초… 아무도 안 나온다. 그 옆의 창문을 본다. '저 커튼 뒤로 오랫동안 세상과 차단되어 빛을 보지 못한 어떤 생명체가 살고 있을지도 몰라.' 드라마를 봐도 너무 많이 봤구나. 마치 북유럽 옛 잔혹 동화에나 나올 듯한 스토리를 만들며 혹여 누군가 커튼 사이로 빼꼼히 밖을 쳐다보지 않을까 또 기다린다. 5초, 10초, 20초. 역시 인기척은 없다. 이런 내가 참 팔자 좋다는 생각에 피식 웃으며 다시 걷는다.

창문에 대한 경험이라면, 한겨울의 시베리아 기차 횡단을 꼽을 수 있다. 러시아의 서쪽 모스크바에서 동쪽 끝 블라디보스토크까지 멈추지 않고 달리면 열흘이 걸리는데, 우리는 그 기간을 기차에서만 버틸 자신이 없어서 예카테린부르크(Yekaterinburg), 이르쿠츠크(Irkutsk), 하바롭스크(Khabarovsk) 등 세 개의 도시에서 쉬었다. (바이칼 호수로 유명한 이르쿠츠크의 온도는 영하 28도였다. 너무 추워서 숨을 쉬거나 눈을 껌뻑일 때마다 코털과 속눈썹에 성에가 꼈다)

알파마(Alfama), 리스본(Lisbon), Drawing by 옐로우덕, 2017

그때 기차는 말 그대로 눈보라를 헤치고 시베리아를 가르는 설국열차였다. 눈으로 뒤덮인 하얀 시베리아 숲이 창밖으로 끝없이 이어졌는데, 나는 시간 가는 줄 모르고 창틀에 턱을 괸 채 구경했다. 은색 나무 사이로 아이보리색 갈기와 투명한 크리스털 뿔을 자랑하며 튀어나올 새하얀 유니콘을 상상했다. 얼음 마차를 타고 질주하는 눈의 여왕도 상상했다. 그 상상만으로도 하루가 갔다. 창문은 티브이였고 창밖의 풍경은 라이브 다큐멘터리였다. 창문 안의 따뜻함과 창문 밖의 차가움의 대조가 너무 극명해서 현실이라고 믿기 어려웠다. 그때 느꼈다. 세상과의 통로와 단절은 동시에 존재한다는 걸. 그 사이에서 나는 '이도 저도 아닌 인간'이 된 것 같았다.

근 3년을 살았던 서울의 망원동엔 주택이 별로 없었고 빌라와 아파트가 대부분이었다. 그래서 밖에 널린 빨래도 보기 어려웠고 문도 심심한 직사각형 회색 문만 가득했다. 상황이 이럴 때 난 무엇에 눈길을 줘야 할까? 나는 망원동을 비롯한 서교동, 성산동, 합정동 일대에서 자랐다. 그때 내가 눈길을 줄 수 있었던 건 내 어린 시절의 노스탤지어였다. 별난 장난감이 주렁주렁 전시된 학교 앞 문방구, 여전히 버티고 있는 구멍가게, 철물점, 세탁소, 철학관 등등… 마침 집 앞에 오래된 동네 목욕탕이 있었다. 무지막지한 고딕 폰트로 '목욕탕'이란 글자가 늠름히 새겨진 빨간 벽돌 굴뚝에 내 눈을 두었다. 어렸을 때 엄마와 함께 갔던 합정동의 작은 목욕탕을 떠올리며.

이곳에서도 풍경 찾기는 계속 된다. 그건 내가 사는 곳에 좀 더 가까이 다가가기 위한 노력이고, 내 위치를 찾으려는 노력이다. 내가 네덜란드에서 찾은 풍경은 배다. 네덜란드는 국토의 25퍼센트가 해수면보다 낮은 탓에 어디서든 운하를 볼 수 있는데, 그 운하를 따라 쭉 정착된 각양각색의 크고 작은 배들을 보는 재미가 쏠쏠하다. 뱃머리에 쓰인 이름을 보며 그 이름의 유래를 상상하고, 배의 크기와 스타일을 보며 배 주인의 주머니 사정과 취향도 상상한다. 배에서 살아보는 모습도, 항해하는 모습도 상상한다. 내 마음 한구석, 차곡차곡 쌓여가는 이 풍경들로 인해 일상이 풍요롭고 고단한 이방인 생활을 잘 버틸 수 있다.

망원동의 오래된 문방구

네덜란드의 운하와 배

덴 보스 호수의 아침

도시는 한 사람의 정신세계에 어떤 영향을 미치는가

나는 네덜란드 남쪽 브라반트 지역의 소도시 덴 보스(Den Bosch)에 살고 있다. 덴 보스는 줄여서 부르는 이름으로, 정식 이름은 스펠링도 희한한 스-헤르토헨보스('s-Hertogenbosch)다.

내가 사는 도시에 대해 한 번쯤은 써야 할 것 같은데, 안타깝게도 아는 게 별로 없다. 산 지 근 2년이 넘었는데도 말이다. 코로나 여파도 있고 프리랜서로 집에서 일하다 보니 생활이 지극히 소소해서일 것이다. 그나마 '작고 예쁜 도시'란 첫인상이 바뀌지 않고 유지되고 있어서 감사하다. 괜히 죄책감이 든다. 덴 보스야, 미안하다. 살다 보니 그렇게 됐다.

그래도 미술을 전공한 사람으로서 이 도시가 15세기 르네상스 화가 히에로니무스 보스(Hieronymus Bosch)의 고향이라는 사실은 안다. 기괴한 그림을 그린 걸로 유명하고 미술사상 가장 신비로운 인물로 꼽히는 화가다. 그가 살던 집도 있고 아트 센터도 있다. 평화롭고 예쁘고, 동시에 지루하기 짝이 없는 이 도시에서 당최 뭘 보고 그런 그로테스크한 상상을 한 건지, 그의 그림은 지옥에서 고통을 호소하는 사람들, 먹고 토하고 배설하는 사람들, 당최 이게 뭔지 가늠이 안 되는 괴상한 생명체 및 물건들로 가득 차 있다.

본명은 예로엔 반 아켄(Jeroen van Aken)으로, 화가 집안에서 태어난 그를 신비롭다고 부르는 이유는 일기나 편지, 혹은 작품에 대한 생각을 남기지 않아서 전반적인 생애가 거의 알려지지 않았기 때문이다. 그저 덴 보스 시와 수도원 장부에 언급된 기록을 바탕으로 추측만 할 뿐이고, 작품의 진위도 알아내기 어려워서 현재 겨우 25여 점만이 진품으로 인정받고 있다. 또 평생 덴 보스를 떠나지 않은 걸로 유명한데, 자, 여기서 나처럼 여행자 피가 부글부글 끓는 사람은 제동을 걸지 않을 수 없다. 한 번도 안 떠났다고? 이 도시에서 나고 자라고 죽었다고? 그게 가능해? 15세기에는 다 그랬나? 성까지 도시 이름으로 바꿨다니 이 도시가 어지간히 좋았나 보지? 요즘 같으면 분명 심리 상담 받으라고 했을 이 자의 정신세계가 궁금하다!

나는 처음부터 기상천외한 그의 그림이 좋았다. 그런 그의 고향에서 살건만, 천하의 게으름뱅이인 나는 아트 센터에 가지 않았다. 살다 보니 그렇게 됐지만 그의 광팬인 내 친구가 알면 질겁할 변명이다. 세상에, 걸어서 20분 거리에 있는 거길 아직 안 갔다고? 너 제정신이니? 네가 부러워 질투에 치를 떠는 내 앞에서 할 소리냐? 네가 뭘 누리며 사는지 모르고 배때기가 불렀구나. 반성해, 이 재수 없는 놈아!

그리하여 네덜란드답지 않게 매우 화창하고 더웠던 어느 날, 이 글을 읽을 친구에게 면 좀 세우기 위해 작정하고 아트 센터로 향했다.

〈쾌락의 정원〉

창포물에 머리 감는 아낙네처럼 운하를 따라 늘어선 버드나무 사이로 청명한 하늘과 햇살을 즐기며 걷자니 이게 웬 호강이냐 싶어 웃음이 났다. 도서관을 끼고 왼쪽으로 꺾어 도시의 자랑거리 대성당을 지나 조금 더 가자 오른쪽으로 아트 센터가 보였다. 걸어서 20분 걸렸다. 그래, 친구 말마따나 배때기가 불렀지. 질책하는 그녀의 목소리를 손으로 휘저으며 10유로의 입장료를 내고 아트 센터 안으로 발을 들였다.

아트 센터는 기존의 세인트 제임스 교회를 덴 보스 시에서 현재의 모습으로 개조했는데, 신의 한 수라고 생각했다. 교회의 공간이 내뿜는 종교적 아우라와 그의 그림이 찰떡궁합이었기 때문이다. 그림 속의 캐릭터를 형상화한 여러 개의 조형물이 천정으로부터 길게 매달려 있었는데, 신기하게 그 기이한 형태가 교회의 분위기와 아주 잘 어울렸다. 역시 그의 그림은 초현실주의가 아닌 종교화다.

그의 대표작인 〈쾌락의 정원(The Garden of Earthly Delights)〉을 영접했다. 3개의 패널이 가로 389센티미터, 세로 220센티미터의 크기로 교회 한가운데에 떡 버티고 있었다. 설레는 마음으로 디테일을 살폈다. 호수에서 기어 나오는 머리가 3개 달린 도롱뇽, 푸른색 제복을 입고 높은 황금색 의자에 앉아 사람을 먹는 머리가 새인 괴물, 새의 부리 속으로 깊게 들어간 사람, 항문에서 날아오르는 검은 새들. 알몸의 젊은 남녀가 뒤섞여 육체적 쾌락을 즐기는가 하면, 커다란 귀에서 칼이 튀어나오고 밑에 사람들이 베어져 있었다. 내용은 이런데 색은 크리스마스 장식물처럼 화려했다. 이렇게 기이하고도 아름다운 지옥이라니! 크고 작은 디테일을 눈으로 따라가자 질문이 꼬리에 꼬

교회를 개조해 만든 아트 센터 내부. 길게 매달린 조형물이 건물과 잘 어울린다.

시내 중심의 덴 보스 광장. 토요일마다 장이 열린다.

리를 물었고 진정 이 양반의 뇌를 열고 들여다보고 싶었다. 참나, 이 양반, 도대체 500년 전에 뭘 한 거지?

기록을 남기지 않은 남자, 한 번도 고향을 떠나지 않은 남자, 지루한 도시에서 끔찍한 지옥을 상상한 남자, 그래서 '악마의 화가'로 불리며 유행을 앞서간 남자, 그럼에도 골수팬을 가졌던 남자, 그리고 이런 남자를 보듬은 도시 덴 보스. 자연스레 나와 비교했다. 하루가 멀다고 SNS에 기록을 남기는 관종 여자, 머물지 않고 계속 떠난 여자, 끔찍한 지옥은 상상조차 못하는 여자, '옐로우덕'이라고 불러 달라 자처하는 꼰대 여자, 글 쓴답시고 폼 재지만 골수팬이 있는지 없는지 모르는 여자, 그리고 이런 나를 보듬은 도시 덴 보스. 500년 전의 그와 500년 후의 내가 나란히 서 있는데, 깊이를 알 수 없는 그의 세상과 얄팍하기 그지없는 내 세상은 달라도 너무 달랐다.

엘리베이터를 타고 교회의 첨탑으로 올라가 덴 보스 시내를 내려다봤다. 시야를 5도 정도만 올려도 시내의 끝이 보였고 넓게 녹색이 이어졌다. 산이 없는 네덜란드답게 수평선은 깔끔한 일자였다. 나를 둘러싼 공간의 실체를 확인하는 경험은 지금의 내 생활을 각인하게 한다. 작긴 작구나. 현타가 왔다. 어쩌다 난 여기서 살고 있을까. 여기서 지금 뭐하는 걸까.

두 시간 정도 둘러본 후 아트 센터에서 나왔다. 출출해서 무얼 먹을까 생각하며 거리를 걸었다. 오래된 도시답게 다닥다닥 붙은 옛 건축물은 기대를 저버리지 않고 예뻤다. 그의 그림을 생각하면 참 어이없는 대조인데, 이때 생각했다. 도시가 한 사람의 정신세계에 미치는 영향을.

도심의 광장으로 갔다. 광장 코너에 있는 보스가 살던 집과 그 앞의 보스 동상 꼭대기에 앉아 있는 갈매기가 보였다. 사람들이 던지는 빵 조각을 노리는 것 같았다. 동상 아래 돌계단에 앉아 광장을 바라봤다. 한여름의 파란색 하늘과 하얀색 구름이 명확한 대조를 이루는 풍경은 광장 건물의 배경막으로 손색이 없었다. 그 앞으로 자전거를 탄 소년이 지나갔다. 예쁘고 평화롭지만 별일 없고 무료했다. 그는 매일 창문 너머로 이 광장을 봤을 것이다. 그리고 이 '예쁘고 평화롭지만 별일 없고 무료한' 풍경을 보며 지옥을 그렸다. 난 여기서 무얼 볼까. 설사 여기서 뼈를 묻을지언정 보스처럼 지옥을 상상하지는 않을 것 같다. 난 어디서든 행복한 상상을 할 자신이 있으니까. 보스는 분명 다른 도시에 살았어도 지옥을 그렸을 거다. 나 역시 다른 도시에 살아도 행복한 상상을 할 거다. 지금의 덴 보스는 내 정신세계에 큰 영향을 미치지 않는다. 보스의 집을 보고 싶었지만 배가 고팠다. 금강산도 식후경, 밥 먼저 먹자. 스시가 땡겼다.

흥미로운 반전이 있다. 아트 센터에 있는 그림들은 모두 복제품이다. 화가 자신은 이 도시를 떠나지 않았지만 그의 자식 같은 진품들은 스페인, 포르투갈, 벨기에, 오스트리아 등지에 흩어져 있다. 왠지 아트 센터가 멀리 유학 보낸 자식을 그리워하는 부모 같다. 한국에 계신 엄마가 생각났지만 이 그림들은 결코 엄마의 취향이 아니다. 친구밖에 없었다. 다녀왔다고 실컷 생색냈다.

덴 보스의 운하 곳곳에는 보스 그림의 형상이 있다.

●

국경이란 선

—

2020년 3월 초였다. 우리 차례가 되어 나와 미루의 한국 여권을 건넸다. 마스크 때문에 눈만 보이는 검사원의 미간이 올라갔고, 그의 눈 근육에서 바로 당황하는 표정을 읽을 수 있었다.

- Oh… (여권을 물끄러미 보며) Korea….

그는 이걸 어쩌면 좋냐는 듯 주변을 두리번거리더니 이렇게 말했다.

- Follow me.

따라간 곳엔 두 명의 검사원이 있었다. 그중 한 명이 나와 미루의 이마에 온도계를 들이댔다. 그들은 태국 내에서의 일정을 자세히 물었고, 나는 질문이 가득한 서류에 하나하나 답을 썼다. 까다로웠지만 그렇다고 무서운 분위기는 아니었다. 미루는 검사원들에게 장난을 쳤고, 그들은 미루를 친절히 받아줬다. 이 순간이 참 영화같다고 생각했다.

그곳은 말레이시아와 태국 사이의 국경 검문소였다. 말레이시아의 페낭(Penang)에서 미니 밴을 타고 국경을 넘어 태국의 햇야이(Hat

Yai)로 가던 중이었다. 여느 때 같으면 대한민국 여권은 그 파워를 자랑하며 별문제 없이 도장을 쾅쾅 받았을 거다. 하지만 하필 당시 한국의 코로나 상황은 느닷없이 나타난 신천지교의 영향으로 최악이었다. 네덜란드 여권을 가진 카밀은 쉽게 통과했지만 대한민국 여권을 들이민 미루와 나는 바로 제지를 당했다. 세계 여권 파워 2위의 자존심이 구겨지는 순간이었다. 망토 없는 슈퍼맨, 거미줄 없어진 스파이더맨이 된 것이다!

그래도 코로나가 창궐하기 전에 한국을 떠났음을 증명하는 비행기 탑승권이 있어서 별문제 없겠거니 했지만, 아뿔싸! 그들은 태국에서 머물 친구 집의 주소와 연락처를 원했다. 나중에 추적해야 할 경우를 대비한 거였다. 친구는 찾아오는 방법은 알려줬지만 정작 주소는 보내주지 않았고, 주소를 요구하는 검사원 앞에서 우리는 친구에게 연락을 하네 마네 생쇼를 했다. 결국 지도상에 찍힌 집의 위치와 친구의 SNS 계정을 알려준 후에야 오케이 사인이 떨어졌고, 우리를 기다리던 미니 밴 승객들의 눈총을 애써 외면하며 밴에 올랐다. 국경 통과 후 목적지까지 가는 내내 나는 주소를 챙기지 않은 내 멍청함에 이불킥 하듯 온몸을 비틀었다.

육로의 국경은 공항의 그것과는 느낌이 다르다. 말레이시아에서 태국으로 넘어가는 국경을 예로 들자면, 우선 말레이시아 국경 검문소에서 내려 출국 심사를 받는다. 통과하면 다시 차에 올라타 태국 검문소로 가서 입국 심사를 받고 다시 차에 올라탄다. 짐을 다 내려야 하는 곳도 있고 부패가 심한 나라는 검사원들이 어이없는 꼬투리를 잡고 뇌물을 요구하기도 한다. (아프리카의 짐바브웨에서 보츠와나로 넘어갈 때 기사님이 뇌물 요구쯤이야 일상인 듯 넉살 좋게 해결했었다) 무역을 위해 대륙을 가르는 화물차는 길게 늘어서서 따로 검사받는다. 남북을 가르는 판문점도 아닌데, 세상 모든 국경 검문소엔 묘한 긴장감이 감돈다.

이 검문소에서 저 검문소까지의 공간, 즉 차를 타고 가야 하는 그 몇백 미터의 공간이 나는 항상 궁금했다. 그 공간을 부르는 정식 명칭이 있는지, 어느 나라에 속하는지, 만약 그곳에서 무슨 일이 생기면, 예를 들어 차 사고가 난다거나 누가 아프거나 아이라도 태어나면 그 해결은 어느 나라에서 하는지 등등. 사무실 대용으로 보이는 컨테이너만 덜렁 몇 개 있는 게 다인 그곳은 인정이라고는 눈곱만치도 없는 황량한 공간으로 보였다. 나라와 나라 사이는 이렇게 삭막한 건가.

신기하다. 점 하나만 찍으면 '님'에서 '남'이 되는 것처럼, 선 하나만 넘으면 '여기'에서 '저기'가 된다. 그리고 그 선이 만드는 간격은 너무나 크다. 문을 열고 손을 뻗자 다른 세상으로 훅 빨려들어가는 공상과학 영화처럼 선 너머로 발 하나 디뎠을 뿐인데 그 앞에 펼쳐지는 풍경은 선 이전의 것과 달라도 너무 다르다. 언어는 물론이거니와 사람들의 얼굴도 다르고 옷차림도, 건물도, 간판에 쓰인 글씨도, 거리에서 벌어지는 풍경도, 공기도, 냄새도, 음식도, 물맛도, 하다못해 자동차 핸들의 위치까지 다르다. 하나에서 열까지 다, 완전, 몽땅, 절대적으로 다.른.곳.인 거다. 한번은 중국에서 라오스로 걸어서 넘어간 적이 있는데, 한 발짝 내디딜 때마다 달라지는 공기의 냄새에 깜짝 놀랐었다. 라오스의 공기는 뭐랄까… 중국보다 더 찐득찐득한 느낌이랄까? 그때 새삼 느낀 국경의 힘. 그 힘을 실감하며 질문이 밀려왔다. 중국과 라오스에 걸친 이 광활한 밀림을 어떻게 선 하나로 자를 수 있을까? 누가, 어떻게, 어떤 합의에 따라 잘랐고, 과연 그 선은 자연에 어떤 영향을 미칠까? 공기의 냄새를 맡고자 강아지처럼 킁킁대는 내 모습이 아마 중국 공안 경찰들의 눈엔 '저 여자 미쳤나?' 의심스러웠을 거다.

세계 지도에 얇은 선으로 그려진 국경은 나와 타인을 가르는 모든 걸 생각하게 한다. 어렸을 때 내 또래는 교실 책상 가운데에 선을 긋고 짝꿍에게 여기 넘어오면 죽는다고 으름장을 놓으며 자랐다. 운동장의 모든 땅따먹기는 선을 그으면서 시작했다. 영화 〈기생충〉에서 박 사장은 선 넘는 사람이 제일 싫다고 했고, 민속촌의 줄타기 꾼은 오늘도 아슬아슬 몸의 균형을 맞추며 선을 걷는다. 나와 타인을 가르는 그 모든 선, 그게 성별이든 국적이든 인종이든 나이든, 언어, 지역, 성적 취향, 학벌, 계급, 통장 잔고, 좋아하는 것, 싫어하는 것, 그 무엇이든 간에, 그 선 사이로 서로에게 이방인이 되는 상황에 심심한 입맛을 다신다.

국경의 구애가 없는 유럽 연합에서 사는 지금, 사뭇 그 선의 의미가 새롭다. 언제든 아무런 제지 없이 국경을 넘을 수 있으니까. 물론 그 선을 넘자마자 180도 달라지는 환경의 속성은 여전하다. 그 이질감은 결코 익숙해지지 않을 것 같다.

방콕의 낡은 벽, 2020

빠이(Pai), 태국, Drawing by 옐로우덕, 2020

어쨌거나, 그날 우리는 무사히 태국 국경을 넘었다. 그런데 우리가 친구 집에 도착한 지 이틀 후, 태국 정부는 무비자 입국 조회를 철폐하고 대한민국 국민도 비자가 있어야만 입국이 가능하다고 발표했다. 며칠만 늦었어도 꼼짝없이 국경에서 낙동강 오리알 신세가 될 뻔한 거다. 점점 운에 의존할 수밖에 없게 되는 세상사가 슬프다.

우린 실패했을까

주소는 쇼세스트라쎄(Chausseestrasse) 126. 베를린의 중심인 미테(Mitte) 지역에 있지만 공원이 넘치는 이 도시에서는 무심코 스쳐갈 가능성이 높은 공원이었다. 하지만 이 평범한 공원에 입장하는 내 마음은 결코 평범하지 않았다. 설레고 심장이 뛰고 살짝 긴장되어 땀까지 났다. 사실 이곳은 공동묘지다. 공동묘지도 그냥 공동묘지가 아닌, 헤겔, 하이네 뮐러, 하인리히 만 등 독일이 배출한 철학자, 작가 및 문화 인사들의 묘비가 모여 있는 곳. 그리고 이곳에 내가 보고자 하는 그분도 있었다.

철문을 열고 묘지에 들어서자 참새인지 직박구리인지 모를 째액~ 짹 새 소리가 났다. 봄바람에 챠르르르 흔들리는 나무 소리도 나고 멀리서 묘지 관리사가 잔디를 깎는지 우우우웅~ 기계 소리도 났다. 거기에 샤각샤각 흙길을 밟는 내 발소리가 더해졌다. 그 소리 끝에 아주 조용히 그가 모습을 드러냈다. 어떤 장식도 없이 묵직하고 진중한 큰 돌의 모습으로. 8월의 끈적한 햇빛이 빚어낸 나무의 그림자가 그 돌 위에서 춤췄다.

큰 돌에 새겨진 활자를 한 자 한 자 읽었다. B.e.r.t.o.l.t B.r.e.c.h.t. 바로 독일의 극작가이자 연출가인 베르톨트 브레히트(Bertolt Brecht)와 그의 아내 헬레네(Helene)의 묘비.

오, 신이시여! 진정 내가 그의 묘비 앞에 있단 말입니까! 근 1년간 베를린에서 살 때는 한 번도 오지 않더니, 네덜란드에서 사는 지금, 아이의 학교 방학을 맞아 베를린으로 여행 와서야 보게 되는 이 아이러니라니. 설레던 심장은 이내 울컥하는 감정으로 옮겨갔다. 쿨한 척 눈을 깜빡이며 눈가의 뜨거움에게 주책바가지라고 놀렸다. 이건 유럽의 한 시골길을 걷는데 어디선가 맥락 없이 어렸을 때 무척이나 좋아했던 송창식의 '참새의 하루' 노래가 흘러나오자 깜짝 놀라 토끼 눈으로 '아침이~ 밝는구나아~'를 따라 부르며 눈물을 흘리는 감정과도 같은, 덕질의 감정이었다. 어렸을 때 나는 퀸과 송창식을 덕질했고, 20대에는 아일랜드 록밴드 U2와 브레히트의 희곡을 덕질했다.

그의 묘비 앞에는 라이터와 팬과 조약돌과 들꽃이 수줍게 놓여 있었다. 나도 뭔가 놓고 싶어서 주섬주섬 가방을 뒤지니 큐브형 초콜릿이 나왔다. 초콜릿을 놓고 그 앞에 앉아 중얼중얼 대화를 시도했다. 그거 알아요? 당신 때문에 개고생한 거. 대학원 때 당신 작품으로 무대 디자인 논문을 썼다가 교수들에게 엄청 깨졌어요. 심사 때 교수 8명이 반으로 갈려 제 작품이 좋다 안 좋다 싸우는 걸 봐야 했죠. 한국으로 돌아와 맡은 첫 작품도 '억척 어멈과 그 자식들'이었는데, 여전히 제 디자이너 인생에 오류로 남아 있어요. 당신의 여성관은 싫었지만 당신의 희곡은 정말 좋아했어요. 그 양가감정과 싸워야 했죠. 그런데 지금은 당신의 작품은커녕 공연도 거의 안 보네요. 젊은 시절의 치기일까요? 그 시절 저는 정말 진지했는데… 당신 무덤이 있는 이 도시에서 살면 참 좋을 거예요. 힘들 때마다 당신에게 와서 이렇게 얘기할 수 있을 테니까요….

내가 베를린에 처음 '입성'한 때는 2010년 겨울이었다. 애인(현 남편)과 함께 자원봉사하며 세계를 여행하는 프로젝트를 끝낸 후 머물 곳을 찾을 때, 그는 베를린으로 가자고 했다. 자신이 오랫동안 살던 곳이라 친구도 많고 마음도 편하다며. 하지만 이 양반, 왜 하필 겨울을 택했을까. 북유럽의 겨울이, 특히 베를린의 겨울이 혹독하기로 악명 높다는 걸 미리 알았더라면 '굳이 거길?' 하며 다른 옵션을 들이밀었을 텐데. 하지만 어찌어찌 잘 버텼고, "겨울이 혹독해서 그렇지, 유럽에서 베를린만 한 도시 없다"는 친구들의 이구동성이 진실임을 확인했다. 우리는 베를린을 베이스로 NGO 단체를 만들고 싶었다. 대형 봉사 단체의 비리가 속속 터졌을 때라 그 단체를 거치지 않고 여행을 통해 바로 지역 사회에 봉사할 수 있는 독립적인 단체를 만들고 싶었다. 그때는 성공에 대해 믿어 의심치 않았다. 단체를 만들려면 6명 이상의 파트너와 일정의 설립금이 있어야 한다는 조건이 꽤 이루기 벅찬 조건이란 걸 알게 되기 전까지는. 왜 그리 순진했던가. 하지만 나는 무언가를 추진했던 매 순간마다 당연히 될 거라 확신했었다. 유학 시절에는 반드시 브로드웨이 무대 디자이너가 될 거라 확신했고, 아이를 데리고 유럽을 돌아다닐 때는 반드시 자연 속에 집을 짓고 커뮤니티를 만들 거라 확신했다. 매번 그렇게 매우 순진했다. 그리고 모두 이루어지지 않았다. 인간의 확신이란 때때로 얼마나 허무한가.

묘지 바로 옆, 브레히트가 죽기 전까지 헬레네와 살았던 아파트는 현재 뮤지엄으로 보존되고 있다. 투어를 신청해서 가이드가 이끄는 대로 아파트를 둘러봤다. 참가자는 나와 독일 남자 한 명이 다였다. 온갖 책이 꽂혀 있는 그의 서재를 거쳐 큰 거실로 갔다. 가이드와 독일 남자는 독일어로 떠들었고, 알아듣지 못하는 난 거실 중앙에 서서 눈을 감고 마치 우디 앨런의 영화 〈미드나잇 인 파리〉처럼 그 시절로 날아갔다. 거실 한쪽 책상에서 그가 타이프 라이터로 희곡을 쓰고 옆에서 극단 사람들이 극장 모델을 앞에 두고 열렬히 토론하는 그때로. 모델 앞에서 무대를 설명하는 사람이 나라면 얼마나 좋을까.

거실 옆, 58세의 나이에 심장마비로 죽음을 맞이한 그의 침실은 의외로 작았고 심플해서 처연하기까지 했다. 헬레네가 꾸몄다는 응접실은 훔치고 싶을 정도로 아름다웠다. 투어는 끝났지만 흥분된 마음을 가라앉히기가 어려워 차마 떠나지 못하고 '발길이 떨어지지 않는다'란 닳고 닳은 문장을 재현했다. 다시 묘비로 가서 그에게 말을 걸었다. 고마워요, 좋은 작품 많이 써 줘서. 당신 앞에 있으니 그 시절 그 꿈이 떠오르네요. 언제 다시 베를린에 오게 될까요? 그때까지 안녕. 그렇게 나는 그 시절 내 꿈과 작별했다.

생각하면 아련한 도시가 있고 그리운 도시가 있고 가슴 설레는 도시가 있는 동시에 치가 떨리는 도시가 있고 아무 감흥이 없는 도시가 있고 슬픈 도시도 있다. 내게 베를린은 아쉬운 도시다. 이룰 듯했으나 이루지 못해서 아쉬운 도시. 누구든 뭔가를 이룰 수 있을 것 같은 곳에서 그러지 못했다는, 그래서 왠지 모를 굴욕과 열패감으로 자존심 상하는 도시. 하지만 워낙 나같은 사람이 몰려드는 곳이기에 어찌어찌 살아남았다 해도 과연 지금과 크게 다를까 고개를 갸웃하게 되는 도시. 어찌 됐든 마음 한쪽에 남아 있는 미련을 부여잡게 되는, 그래서 그저 아쉬운 도시.

모르겠다. 한 도시에 대한 로망은 로망으로 남겨두는 게 좋을지. 내가 아는 베를린을 지금 다시 겪는다면 그 로망이 사라질까? 그 실망을 맞이할 준비가 되어 있나? 그럼에도 계속 중얼거렸다. '이 좋은 곳을 두고…' 그러게 말이다. 이 좋은 곳을 두고 도대체 뭐하는 거야! 지금 어디서 뭐하는 거냐고! 공동묘지를 나와 목적 없이 걸으며 내가 이루지 못한 것들을 생각했다. 브로드웨이 디자이너가 되지 못했고, NGO 단체를 만들지 못했고, 자연 속의 공동체를 만들지 못했고, 내 창작품으로 돈을 벌지 못했다. 더불어 수많은 '만약'을 생각했다. 그때 뉴욕에 남았더라면, 그때 베를린에 남았더라면, 그때 포르투갈에서 땅을 샀더라면… 나는 질문했다. 우린 과연 실패했을까? 베를린에게 물었다. 베를린, 과연 우리가 실패한 거니?

2022년 여름, 베를린의 쇼세스트라쎄에는 왜소한 발걸음을 멈추지 않는 한 한국인 여성이 있었다. 그 많은 '만약'들을 뒤로하고 그녀는 나아갔다. 길이 여전히 뻗어 있기에 나아갈 수밖에 없었다. 그리고 그 여성이 이렇게 모든 걸 기록하려고 안달하는 건 베를린에 던진 그 질문에 아니라고 답을 하고 싶기 때문이다.

독일의 극작가 브레히트(오른쪽)와 그의 아내 헬레네(왼쪽)의 무덤

베를린, 과연 우리가 실패한 거니??

낙서가 넘쳐나는 도시, 베를린

내 친구 크리스 1

해외 생활에서 '친구'라는 존재는 그 의미가 남다르다. '이방인'이라는 벗어날 수 없는 굴레와 사무치는 외로움을 그나마 희석해주는 존재니까. 문득 크리스가 생각난다. 1996년부터 2002년 12월까지 뉴욕에서 살았을 때, 크리스가 내 희석제였다. 그의 서사를 쓰려니 글이 길어질 것 같아 1, 2로 나눈다.

그의 이름은 크리스 도퍼(Cris Dopher)다. 그는 이 세상에 없다. 2019년 8월 25일 밤 11시 10분에 만 47세의 나이로 다시 오지 못할 레테의 강을 건넜으니, 불러도 대답 없는 '영원한 이방인'이 된 지 벌써 3년 반이 흘렀다. 그는 내 대학원 동기다. 뉴욕 티쉬 예술 대학원(NYU Tisch School of The Arts)의 공연 영화 디자인과(Department for Stage and Film)에서 크리스는 조명 디자인 전공이었고 나는 무대 디자인 전공이었다. 대학원 시절의 난 좀 어설픈 학생이었는데, 마치 동그라미 쿠키 틀에 네모난 쿠키를 구겨 넣은 것 같은, 왠지 붕 뜨고 겉도는, 그래서 학장의 눈 밖에 난, 여하튼 희한한 학생이었다. 그건 크리스도 마찬가지였다고 생각하는데, 본인도 동의할지는 잘 모르겠다. 하지만 크리스란 이름에서 h를 빼고 Cris로 써달라고 한 것만 봐도 그는 분명 희한하다. (대부분 Chris로 쓴다.)

한 과목을 제외하면 같이 수업을 들은 적이 없어서 가까이할 기회가 별로 없었다. 작고 마른 체구, 뾰족한 턱선에 안경을 쓴 그는 딱 봐도 머리끝에서 발끝까지 똑똑함으로 샤워한 까칠이였다. 독특한 허스키 목소리에 항상 기침을 해서 (그냥 콜록콜록이 아닌 단전 깊은 곳에서 올라오는 쿠울럭쿠울럭) 몸도 왜소한데 저렇게 감기를 달고 살면 어쩌나 걱정했을 뿐이다. 그가 '낭성 섬유증(Cystic Fibrosis)'이란 폐와 소화기관 쪽 유전성 전신 질환 병을 가졌다는 건, 그래서 항상 호흡이 가쁘고 기침을 했다는 건, 또 이 병을 가진 사람의 평균 수명이 20세 아래라는 건 나중에 알았다. 다들 그 나이까지 살아 있는 게 기적이라고 했다. 그런 그가 어느 날 같이 아파트를 구하자고 제안했다는 건 지금 생각해도 신기하다. 자신이 희한하니 '오, 저기 희한한 사람 하나 또 있군' 하며 '선택'한 걸까? 그와 나눈 사적인 대화라고는 학교 작업실에서 숙제하던 내게 불쑥 나타나 "색감 좋네! (Nice colors!)"하며 엄지손가락을 치켜올린 게 다였는데 말이다. 그는 1999년부터 2001년까지 2년간 내 룸메이트였고, 한국으로 돌아온 후에도 계속 소식을 주고받은 좋은 친구였다. 서로의 SNS 포스팅에 '좋아요'를 누르며 몇천 킬로미터의 물리적 거리를 메꿨고 남북 관계가 나빠질 때마다 그는 호들갑을 떨며 바로 메시지를 보냈다.

- 전쟁 나기 전에 당장 뉴욕으로 돌아와!

그를 말할 땐 어쩔 수 없이 '서바이버(survivor)'란 단어를 쓰게 된다. 그쪽으로만 부각되는 게 불만이지만, 스토리를 알고 나면 선택의 여지가 없다. 말 그대로 평생 '생존'했으니까. 우선 선천적 낭성 섬유증만 해도 그렇다. 5살을 못 넘길 거라는 의사의 말이 무색하게 폐 이식 수술을 받은 42살까지, 그는 주변의 환우들을 먼저 보내는 슬픔을 극복하며 버텼다. (그 체력으로 어떻게 그 빡신 3년의 대학원 과정을 견뎠을까? 공연과 숙제에 치여 거의 매일 학교에서 밤을 샜는데, 아침마다 호흡기 치료도 해야 하고 식단도 챙겨야 했으니 말이다) 긴 기다림 끝에 새로운 폐를 가지게 된 그는 보란 듯이 마라톤을 뛰었고, 오토바이로 미국 전국 일주를 하며 낭성 섬유증 치료제 개발을 위한 모금 운동을 했고, 수많은 공연에서 멋진 조명 디자인을 선보였으며, 이식 수술 중 병원에서 만난 아름다운 여성과 약혼도 했다. 숙소는 자기가 해결할 테니 비행기 삯만 마련하라며 결혼식에 꼭 와달라고 신신당부했었다. 그렇게 잘 사나 싶었는데 이식 과정에서 뭐가 잘못됐는지 암이 왔다. 하나도 아닌 간암과 대장암이 차례로 왔다. 하지만 그가 누군가, 서바이버 크리스 아닌가! 푸훗, 암쯤이야. 그는 암 두 개를 모두 이겨냈다. 그리고 상태가 조금 나아졌을 때 다시 오토바이로 전국 일주에 올랐으나 SUV와 충돌하는 대형 교통사고를 당했다. 그의 몸이 오토바이와 함께 공중에 붕 떴고 고속도로에 허수아비처럼 사정없이 패대기쳐졌다. 6주 만에 깨어난 그는 조각조각 부서진 프라모델을 다시 조립하듯 회복의 긴 싸움을 해야 했다. 분명 크리스는 그 싸움이 인생의 마지막 싸움이라고 생각했을 거다. 이보다 더 나쁠 수는 없을 테니. 나는야, 서바이버 크리스. 푸훗, 오토바이 사고쯤이야.

하지만 야속하게도 폐암이 왔고, 항암 치료를 시작했지만 쇠약해질 대로 쇠약해진 그의 몸은 약을 이겨낼 수 없었다. 평생 불사조로 살 것 같던 그도 그때만큼은 날개를 접었다.

기억이 가물가물한데, 겨울이었을 거다. 장소는 721 브로드웨이 학교 로비. 당시 같이 살던 룸메이트가 남자 친구랑 살겠다며 나가달라고 하는 바람에 학교 게시판에서 룸메이트 구하는 공고를 찾고 있었다. 그때 우연히 크리스가 지나갔고, 자기도 곧 이사해야 한다며 같이 아파트를 찾자고 제안했다. 90년대 우리나라 정서는 남성과 여성이 룸메이트로 사는 걸 불경스럽게 봤지만 난 그 제안을 수락했고 놀랍게도 한국에 계신 부모님도 허락하셨다. 지금 생각해도 희한하다. 얼굴만 아는 사이였는데 어느 날 갑자기 핑거스냅처럼 룸메이트가 되다니. 학교 친구들도 놀란 토끼 눈이 되어 미간을 추켜올렸다. 으잉? 까칠이 크리스와 맹한 승연이 같이 산다고? 설마 둘이 사귀어? 말도 안 돼! 너무 안 어울리잖아!

까칠이 크리스와
맹한 승연이
같이 산다고?

설마 둘이 사귀어?
말도 안 돼!
너무 안 어울리잖아!

우리는 브루클린에 방 2개짜리 작은 아파트를 구했고 자기 이름으로 계약한 크리스가 큰 방을 차지했다. 룸메이트로 지낸 2년간 그가 겪은 많은 일에 내가 함께 있었다. 그가 예쁜 고양이 맥과 메이블의 입양 서류에 서명했을 때 내가 있었고, 첫 할리데이비슨 오토바이를 구입하고 자랑질하고 싶어 난리였을 때 내가 있었다. 오토바이에게 붙인 록시라는 이름이 촌스럽다고 놀린 사람도 나다. 2001년에 벌어진 911테러 때 전쟁터 같던 카오스를 뚫고 내가 피신한 곳은 크리스의 극장 사무실이었다. 종종 같이 코니 아일랜드(Coney Island) 부둣가에서 맛있는 핫도그도 사 먹고 프로스펙트(Prospect) 공원에서 롤러 블레이드도 탔다. 난 그가 아침마다 호흡기를 입에 물고 치료하는 모습을 봤고 (치료 중 그는 누구보다도 오래 살 거라고 호언장담했다) 그는 내가 상사에게 일 못 한다고 제대로 깨진 채 돌아와 엉엉 우는 모습을 봤다. 사람들은 우리가 커플인 줄 알았지만 우린 그저 그의 방을 거쳐 간 모든 여자 친구와 내 방을 거쳐 간 모든 남자 친구의 얼굴을 아는, 굴곡 많은 서로의 연애사에 어깨를 토닥여주는 좋은 친구였다. 아, 크리스를 얘기할 때 카우보이 모자를 빼놓을 수 없다. 항상 적갈색 낡은 가죽 카우보이 모자를 쓰고 다녔는데, 작은 키를 커버해주는 좋은 아이템이었다. 지금도 그를 생각하면 카우보이 모자를 쓰고 긴 가죽 코트를 입은 모습이 제일 먼저 떠오른다.

맞다. 크리스는 독특한 친구였다.

내 친구 크리스 2

크리스의 사망 소식을 들은 날, 한국은 무더웠다. 나는 종일 울었고 하늘을 향해 육두문자를 쓰며 욕했다. 며칠을 기운 없이 보냈고 불공평한 삶에 대한 분노가 뾰족한 가시가 되어 에일리언처럼 내 몸에서 튀어나왔다.

미루가 자기 전에 "엄마! 내일은 엄청 좋은 날을 보내자!"라고 하길래 "오늘은 안 좋았어?"라고 물으니 "당연히 좋았지! 그런데 내일은 더 좋을 거야."라고 했을 때 크리스의 모습이 떠올랐다. 언제 죽을지 모른다며 매일을 즐겁게 살려고 했던 그가. 공연 때문에 너무 바빠 좋아하는 드라마를 못 볼 때면 그는 내가 그만 좀 하라고 화낼 때까지 이건 결코 제대로 사는 게 아니라며 투덜거렸다. 귀에 거슬리던 그 특유의 투덜거림마저도 이젠 그립다.

그래도 삶은 계속되는 법이다. 눈이 퉁퉁 붓도록 계속 울 줄 알았는데, 나는 금세 놀이터에서 노는 미루를 보며 웃었고 남편의 따스한 포옹에 미소 지었고 맛난 음식을 사 먹으며 즐거워했다. 하고 싶은 일과

해야만 하는 일 사이에서 쫓고 쫓기며 하루하루를 마쳤다. 삶은 계속됐고, 또 그래야 했다. 하지만 그렇게 잘 살다가도 문득, 멀쩡히 잘 있다가 예고도 없이, 어떤 감정이 쓰나미처럼 북받쳐 왔다. 욱했고 화가 났고 울었다. 뭐야, 인생이 뭐 이래? 왜 이리 불공평해? 젠장, 이런 인생을 계속 살아야 한다고? 크리스의 삶이 짠하다가 내 삶이 짠했다. 노마드일 수밖에 없는 남편의 삶이 짠했고, 앞으로 나보다 두 배는 오래 살 미루의 삶이 짠했고, 그러다 이 세상 모든 이의 삶이 짠했다.

그날도 울고 있었다. 울다 보니 배가 고팠고 곱창이 무지 땡겼다. 혼자 단골 곱창 가게에서 만 원짜리 야채 곱창을 하나 샀다. "젓가락은 하나면 돼요." 했더니 아주머니께서 "혼자 드실 건가 봐요?" 하셨다.

검은 비닐봉지에 담긴 곱창을 달랑달랑 흔들며 한강으로 갔다. 마침 저녁 6시 40분. 전경 좋은 계단에 자리 잡으니 저무는 붉은 햇살을 받은 성산대교가 멋진 실루엣을 드러냈다. 그걸 보며 곱창을 마구 입으로 쑤셔넣었다. 무더위를 날리는 선선한 바람과 붉디붉은 노을빛을 받은 구름이 너무 아름다워서 눈물이 났다. 마치 크리스가 "옜다, 이왕 먹는 거 눈호강하며 먹어라" 하며 선물을 주는 것 같았다. 입에서 욕이 나왔다. 젠장, 크리스 이 자식… 왜 죽고 지랄이야… 마지막으로 본 크리스의 모습은 2010년 뉴욕에서였는데, 헤어질 때 그는 이렇게 말했다.

- 글쎄, 과연 내가 널 다시 만날 때까지 살아 있을까?

잔인한 놈, 그 말을 정말 실천하다니. 이 자식아, 꼭 그랬어야 했냐?

슬퍼도 배는 고팠고, 울면서도 곱창은 맛있었고, 목이 메었지만 꼴딱 꼴딱 잘도 넘어갔다. 주변 사람이 쳐다보는 쪽팔림에도 불구하고 엉엉 울면서, 코를 팽팽 풀면서, 눈물 젖은 빵이 아닌 눈물 젖은 곱창을 먹었다. 간 사람은 모르겠지만 남은 사람은 이렇게 살아간다고 증명하듯. 내 인생에 앞으로 몇 번이나 이런 눈물 젖은 곱창을 먹게 될까?

죽음은 항상 곁에 있었다. 다른 대학원 동기는 젊은 나이에 피부암으로 죽었고 미국 취업 비자 취득을 도와준 선배는 희소병으로 죽었다. 공연을 같이했던 조명 디자이너는 교통사고로 죽었고 공연의 주인공이었던 배우는 스스로 목숨을 끊었다. 죽음은 언제나 옆에 있었지만 크리스의 죽음이 주는 상실감은 차원이 달랐다. 그의 인생이 남달라서였을까? 죽음을 접하는 상황은 점점 늘어갈 거다. 다들 이런 순환을 겪으며 살아왔고 앞으로를 살아가겠지. 이렇게 난 주변에 의해 커간다.

우리는 대체로 타인의 삶을 통해 자기 삶을 돌아본다. 타인은 나와 별 다를 바 없는 삶을 살기도 하고 기상천외한 삶이나 기구한 삶을 살기도 한다. 이해될 때도, 이해가 안 될 때도, 경외심을 품을 때도, 경멸을 보낼 때도 있다. 그러면서 자기 삶을 위로하고 연대 의식을 갖는다. 이렇게 다양한 삶 앞에서 한 번쯤은 오그라드는 질문을 하지 않을 수 없다. 도대체 삶이란 뭘까? 당신에게, 또 나에게 삶이란?

여행하며 참 여러 인생을 만났다. 크리스의 인생도 기구하지만 만만치 않은 인생이 많았다. 단지 시리아 남자와 사랑에 빠졌다는 이유로 첩보전을 방불케 하는 사건을 겪으며 도망 다녀야 했던 N, 불임으로 고생하다 겨우 쌍둥이를 낳았는데 아이 한 명이 장애로 태어나 계속 병원에 가야 하는 S와 L 커플, 미국 출신으로 터키에 정착해 쿠르드족 난민을 위해 밴드를 만들어 모금 연주를 하는 O, 남극에 깃발을 꽂겠다는 일념으로 네덜란드에서 남아공까지 트랙터를 타고 내려가 오랜 훈련 끝에 남극에 도착한 M… 해는 서서히 성산대교 너머로 저물었고 눈물 젖은 곱창을 꾸역꾸역 밀어 넣으며 난 여행하며 만난 모든 인생을 생각했다. 마침내 밤이 왔고 마지막 곱창을 넘긴 후에도 비어 있는 해의 자리를 바라보며 한참을 앉아 있었다. 물도 안 마신 채, 목이 콱 막혔지만 개의치 않고.

그가 떠난 지 어언 4년. 여전히 문득문득 그가 생각난다. 크리스로 산다는 건 어떤 것이었을까? 자신이야말로 이 세상과 어울리지 않는 이방인이라 말하던 그 옆에서 친구랍시고 있었지만 진정으로 그의 고독을 다독이지 못했던 철없는 내가 아쉬울 뿐이다.

삶이 고통과 상실을 줄 때마다 나는 숨이 턱에 찰 때까지 뛰거나 이렇게 글을 쓴다. 크리스를 주인공으로 뭔가를 쓰고 싶다. 그래, 그거 좋은 생각이다. 난 지금 크리스 도퍼란 인물의 일생을 다룬 희곡을 쓰고 있다. Yeon Choi란 인물이 Cris Dopher를 보는 관찰자적 시점의 희곡을.

SCENE 1. 1999년 초 뉴욕, 721 Broadway NYU 건물

(학교 게시판을 보고 있는 Yeon Choi. 그 옆을 지나가는 Cris. 흘깃 그녀를 보고 멈춰 선다. 붉은색 카우보이 모자를 살짝 올리며 기침이 가시지 않는 허스키한 목소리로 묻는다.)

Cris: Hey, are you looking for a place?

(고개를 돌리는 Yeon. 예상치 않은 얼굴의 등장에 적잖이 놀란다. 문득 근 3년의 학교생활에서 그와 제대로 눈맞춤을 한 건 이번이 처음이란 걸 깨닫는다.)

Yeon: Uh… yes?

이렇게 쓰는 것만으로도 오늘이 좋은 날이 되길. 어제도 좋았지만 오늘이 더 좋은 날이 되길. 그리고 이 글을 끝낼 때 내일이 더 좋은 날이 되길. 그렇다면 난 크리스처럼 사는 거다. 크리스가 내 친구여서 행운이었다. 그가 날 친구라고 불러줘서 행운이었다. 그가 죽기 며칠 전, 쾌차를 빌며 보낸 내 그림은 주인에게 다다르지 못하고 어딘가에 있겠지. 먼 훗날 내가 직접 전달할 때를 기다린다.

크리스! 널 위해 이 글을 쓴다. 식상하기 짝이 없는 표현이지만 '불꽃같이 살다 간' 널 위해. 알아 둬. 내 글에서 넌 죽지 않는 불사조야. 나도 너처럼 불꽃같이 살다 널 보러 갈게. 다시 만날 때까지, 호흡기 없이 편하게 숨 쉬렴.

크리스, 거기서는 숨 잘 쉬고 있니?
끄라비, 아오낭 해변에서, 2020

내 '깜냥'은 딱 이만큼

자고로 친할수록 정치와 종교 얘기는 하지 말라고 했다. 견해의 차이가 커지면 관계에 영향을 미치니까. 몇십 년 만에 만난 동창과 SNS 친구를 맺었다가 입이 떡 벌어지는 글들이 그 친구의 담벼락을 가득 메운 걸 보고 덜컥 겁이 나서 조용히 팔로우를 끊은 적이 있다. 술자리에서 봤던 그 친구가 이 친구 맞아? 할 정도로 그 친구는 하나에서 열까지 나와는 정반대의 의견을 여과 없이 거칠게 내뱉었는데, 난 그게 그 친구의 전부인 듯 판단한 것이다. 이미 충분히 속 시끄러운 세상, 내 그릇은 그 친구의 담벼락 배설을 받아줄만큼 크지 못했다. 맞다. 난 쫌생이였다.

태국에서 살 때 만난 26살의 R은 잘 생기고 건장하고 성격 좋고 젠틀한, 한마디로 '괜찮은' 브라질 청년이었다. 인스타그램 운영법 온라인 강좌로 돈을 벌며 세계 여행을 하던 중 우리처럼 코로나 때문에 태국에 갇혔고, 어쩌다 동네 이웃이 되어 인연을 맺었다. 솔직히 얼굴은 자주 봤으나 제대로 깊게 얘기할 기회가 없어서 그에 대해 잘 안다고 하기엔 애매하다. 그저 평소 보이는 젠틀한 인상과 행동 때문에 '거 참 나이스한 청년일세' 하며 마치 의젓하게 잘 자란 조카를 보듯 흐뭇해했을 뿐. 그러다 우연히 그가 브라질 대통령 보우소나루(Bolsonaro)의 지지자인 걸 알게 됐다. 그렇다. 브라질의 트럼프라고 불리는 그 보우소나루를, 경제를 핑계로 아마존 불태우기에 급급한 그 보우소나루를, 대놓고 각종 차별 종합선물세트 발언을 남발하는 그 보우소나루를, 지난 선거에서도 뽑았고 지금도 지지한단다. (여기서 굳이 보우소나루가 어떤 인물이며 브라질 안팎에서 어떤 평가를 받는지 열거할 필요는 없겠다. 그게 핵심이 아니니까.) 어? 이거 헷갈린다. 정신 제대로 박힌 친구 같은데 보우소나루를 지지한다고? 내 앞에서 세상 순진하게 미루와 놀아주는 저 얼굴이? 이거 내 동창 케이스가 되풀이되는 건가? 또 나 쫌생이 되는 건가?

〈사랑도 리콜이 되나요〉란 영화로도 만들어진 영국 작가 닉 혼비(Nick Hornby)의 원작 소설 《High Fidelity》에서 보면 (그나저나, 도대체 저 한국 제목 누가 붙였나?) 레코드 가게 주인이자 음악 마니아인 주인공 롭(Rob)이 한 사람의 집 선반에 가지런히 꽂힌 CD 컬렉션을 보고 그 사람의 수준을 평가하자 그런 태도에 여자 친구가 질려 하는 장면이 나온다. (셀린 디온? 감정이 태평양보다 넘쳐서 지구를 삼킬 것 같은 그 오바 대마왕 셀린 디온을 좋아한다고? 얼씨구? 케니 G 까지? 으웩! 이런 태도 말이다) 하는 짓이 은근 나 같아서 '어머, 내가 이렇게 재수가 없나?' 감정이입했는데, 과연 '성향'은 얼마만큼 한 사람을 말해줄 수 있을까? '성향' 없이 인간의 본질을 말할 수 있을까?

나이 들면 다 보수가 된다는 말도 있듯 시간과 상황에 따라 계속 변하는 게 성향이고 취향이고 태도고 나아가 사상이거늘, 한 사람을 어느 한때에 가지고 있는 정치, 종교, 문화 성향을 바탕으로 평가하는 게 옳지 않다는 걸 알면서도 나는 자꾸 함정에 빠진다. 시대의 위인들도 계속 이랬다 저랬다 태도가 변했고, 시대적 상황에 따라 그에 대한 평가도 변하지 않았던가.

까놓고 말한다. 의견을 양보할 수 없는 정치적 큰 이슈에 대해 나와 반대 위치에 있는 사람과 친구가 될 수 있을까? 무신론자인 내가 예수 천국 불신지옥을 말하거나 포교하는 사람과 친구가 될 수 있을까? 혐오와 차별을 얘기하는 사람과 친구가 될 수 있을까? '사람 좋다'는 게 이 모든 걸 앞설 수 있을까?

그렇다면 '사람 좋다'는 건 뭘까? 성향을 배제하고 '사람 좋다'가 성립될 수 있을까?

이렇게 고르고 또 고르면 난 이 세상 누구와도 친구가 될 수 없겠지. 스스로 이방인이 되어 혼자 무인도에 고립되겠지. 아이에게 항상 다름을 인정하라 하면서도, 틀린 게 아니라 다른 거라고 쿨한 척하면서도, 입버릇처럼 하는 말이 "그럴 수도 있지"면서도, 내가 가진 알량한 경험치가 절대치가 아닌 걸 알면서도, 난 상대의 성향에 따라 사람을 재단한다. '묻지도 답하지도 말기'의 겉핥기 관계를 넘어서려다 된통 당한 그간의 경험 때문에 그저 나 편하려고, 인간은 다 그렇다는 유치한 변명만 던지고 비겁하게 도망간다. 이렇게 내 관계는 좁아져 간다.

그리하여 다시 묻는다. 과연 난 '사람 좋은 보우소나루 지지자' R과 친구가 될 수 있을까? 판단이 안 섰다. 카밀의 친구는 대놓고 그에게 "네가 좋은 사람이란 건 알지만 그를 지지하다니, 너 뭔가 단단히 잘못됐어" 라고 했고, 그 말에 R은 그저 어깨만 으쓱했다. 논쟁하지 말잔 의미였다. 너는 너대로 살고 난 나대로 살자란 의미. 그가 나이스 가이란 생각엔 변함이 없으나 다르게 보였는 건 사실이다.

이래서 정치와 종교 얘기는 하지 말라고 하는 거구나. 그는 다시 브라질로 돌아갔고, 앞으로 그의 생각을 알 기회는 없을 것 같다. 그저 SNS에 올리는 사진에 서로 '좋아요'를 눌러주고 뭘 하든 행복하길 비는 어정쩡한 이방인이 우리 관계의 다겠지.

나는 인간은 각자 자신의 깜냥만큼 세상을 살다 간다는, 다소 냉소적인 생각을 가지고 있다. 즉 태어날 때부터 주어진 자신만의 총량이 있는 것이다. 한마디로 운명론인데, 살면서 다양한 사람을 만날수록 그 생각은 견고해진다. 문제는 자신의 총량을 알기까지 꽤 많은 시간이 걸린다는 것이고 또 그걸 모르고 죽을 수도 있다는 것. 지금 내 성향이 이만큼인 건 딱 지금의 내 깜냥이고 타인의 성향이 그만큼인 건 딱 지금의 타인의 깜냥이다. 그 총량이 어떤지는 신만이 아실 일이기에 이에 대한 판단을 나는 보류, 아니 거부하려고 한다. 대신 시간이 걸릴지언정 서로의 총량을 조절할 방법을 찾는다. 찾으면 다행이고, 아니면? 아! 모르겠다!

어쩌다 보니 결론이 운명론이다. 이렇게 무책임하고 허무할 수가. 사실 어떤 결론에 도달하려는 건 아니다. 그저 한낮 미천한 나의 깜냥에 대한 자괴감이고 푸념이다. 이럴 땐 '여행은 세상과 사람을 보는 눈을 넓혀준다'는 말이 허무하기까지 하다.

홈스쿨링은 개뿔

안다. 사람들이 카밀과 나보다 미루에게 더 관심이 많다는걸. 카밀과 나야 우려먹을 대로 우려 마신 티백 같지만 미루는 '과연 요 녀석, 어떻게 클까?' 궁금증을 유발한다. 생후 6개월부터 여행한, 조금은 독특한 유년기를 보낸 미루를 보며 '거봐, 이럴 줄 알았다니까!'라며 자신의 옳음을 증명하고 싶은 분도 계실 거고 바른 성장을 응원하는 분도 계실 거다. 장점은 모습을 드러내는 데 오래 걸리지만 단점은 바로 나타나는 법. 여행 중 교육에 관한 질문을 받을 때마다 "홈스쿨링 해요"라고 하면 왠지 어깨가 조여지고 긴장이 됐다. 판단의 시선이 느껴지니까.

선택이든 아니든 학교를 보낼 수 없는 여행의 상황에선 카밀과 내가 어떤 형태로든 미루를 가르쳐야 했다. 그래서 '홈스쿨링'을 검색하면 그 어마어마한 양에 질려버렸다. 놀이 위주로 흥미를 자극해야 한다고? 창의력을 발휘할 자기주도적 커리큘럼을 만들어야 한다고? 칫, 누가 그걸 몰라서 이렇게 검색하나… 혼돈 속에 머릿속만 뿌옇다가 결국 에라, 밥이나 먹자며 컴퓨터를 닫았다. 금강산도 식후경. 미루야, 배고프다! 우리 국수나 먹으러 가자!

여름 방학이 되자 미루는 그저 즐거웠다. 아이는 종종 중학교부터는 홈스쿨링을 하고 싶다고 말한다. 친구와 놀 수 있는 학교가 싫은 건 아니지만 딱히 배우는 게 없어 지루하다며. 그럴 때마다 나는 여행 중 아이와 우당탕탕 벌였던 전쟁을 떠올렸다.

2020년 초 팬데믹이 터지기 전, 말레이시아의 말라카(Malaka)란 도시에서 지낼 때 카밀과 미루는 아침마다 야단법석을 피웠다. 카밀이 네덜란드의 기초 교육 과정이 담긴 유료 교육 앱을 미루에게 시켰는데, 미루가 그걸 아주 싫어한 거다. 요리조리 도망갔고 그러다 잡히면 하기 싫다며 악을 썼다. 난 그 난리가 싫어서 적당히 좀 하라고 했지만 카밀은 최소 기본은 해야 한다며 단호했다.

어? 이 양반 의외네? 마냥 놀릴 것만 같더니, 아니었어? 하지만 나는 회의적이었다. 학교 과정을 그대로 할 거면 홈스쿨링을 왜 해? 난 여행 자체가 학교라고 생각하는데. 왜 배워야 하는지 그 이유와 즐거움을 깨달을 때까지 기다리면 안 될까?

아니라고? 다 때가 있는 거라고? 내가 너무 세상 물정 모르고 '이상적인 얘기'만 하고 앉아 있나? 천이면 천, 만이면 만, 같은 아이는 하나도 없고 그 많은 교육 방법 중 우리 아이에게 맞는 방법을 찾아 어떻게 적용할지 결정하는 건 오롯이 부모의 몫이다. 세상에, 이렇게 무지막지한 책임이라니! 인류는 지금까지 어찌 이런 책임을 짊어지고 왔단 말인가! 비명을 지르고 싶다. 으아악!

그렇게 전쟁을 치르던 어느 날, 정확히 말하면 2020년 2월 18일, 태어난 지 7년 하고도 45일째 되던 날. 미루는 태어나서 처음으로 무언가 배우고 싶다고 했다. 배우고 싶은 거 없냐고 물을 때마다 시큰둥하게 "그냥 놀게 냅둬" 라던 아이의 입에서 나온 말이었다. 뭐였냐고? 바로 피아노. 딸 가진 엄마라면 으레 한 번쯤 동네 학원을 기웃거렸을 바로 그 피아노. 난 얼씨구나 검색했고 숙소 근처의 학원에서 4회 레슨을 끊었다. 선생님은 여행 중인 상황을 고려해 4일 연속으로 레슨받도록 조절해주셨다. 교재도 샀고 숙제도 했다. C=도, D=레, E=미, F=파, 높은음자리, 낮은음자리. 평소와 달리 의자에 궁둥이 붙이고 숙제하는 모습에 오호라, 요 녀석 봐라, 이거 말레이시아에서 숨겨진 재능을 발견하는 거야? 제2의 조성진 나오는 거야? 라며 괜히 부풀었다. 하지만 마지막 레슨은 싱겁게 끝났고, 난 미루의 속마음이 너무 궁금했다.

- 미루야, 피아노 재미있다고 했잖아. 재미있으면 더 배울까?

- 더? 네 번 한다고 했잖아. 네 번이면 됐어.

- 뭐? 됐다고? 네 번이면 됐다고?

- 응. 네 번이면 됐어. (씨이익~)

세상에, 네 번이면 됐다니! 할 만큼 했다는 거야? 이누마! 그렇게 웃고 끝낼 게 아니자녀어어~! 고작 네 번 하려고 150링깃(한화 약 5만 원)을 낸 줄 알어? 이건 경우가 아니자녀어어~! 이런 내 마음을 아는지 모르는지, 미루는 놀이터 잔디밭에 벌러덩 눕더니 말레이시아의 뜨거운 태양을 즐기며 하모니카를 불었다. 난 그저 입만 벌린 채 녀석을 물끄러미 바라봤다. 도대체 이 녀석의 머릿속엔 어떤 모습으로 말로 다 못할 수많은 감정과 생각이 응축되어 있을까? 아무리 엄마라지만 내가 이 녀석을 제대로 아는 걸까? 다음 날에도 카밀과 미루의 전쟁은 계속됐고, 우린 말라카를 떠났다.

네 번이면 됐다는 당시 만 7세 아이의 판단을 얼마만큼 신뢰할 수 있을지 지금도 잘 모르겠다. 생각만큼 재미없었을 수도 있고 어려워서 겁이 났을 수도 있다. 어려움을 마주했을 때 대처하고 극복하는 마음은 한순간에 배울 수 없기에 아쉬웠지만 난 미루의 의견을 따르기로 했다. 삼장법사의 손가락 끝을 벗어나지 못한 손오공처럼 미루 손바닥에서 놀아난 것 같은 기분이 들긴 했지만 당분간 미래의 조성진은 미뤄두는 걸로.

홈스쿨링이란 이름 아래 아이에게 자율권을 주네 마네 하지만 "야, 너 나중에 나한테 고맙다고 할걸!"이라고 말할 유혹은 참 많다. 하래서 했는데 하고 보니 좋아서 자신의 길이 된 경우는 수두룩하니까. 바로 이게 부모가 가지는 근본적인 두려움일 거다. 아이의 재능을 발견할 기회를 놓치거나 모르고 지나치는 건 아닐까, SNS에 올라온 내 친구 아이들은 잘만 피아노 치고 잘만 바이올린 연주하고 잘만 발레 하던데, 내 아이는 어쩌지? 하는 두려움.

네덜란드로 이주한 후 첫 등교를 앞뒀을 때, 미루는 "학교에 가고 싶어 기다릴 수가 없어!"라고 난리 쳐서 홈스쿨링을 주장했던 카밀과 날 허무하게 만들었었다. 한마디로 홈스쿨링은 개뿔! 이랬던 미루가 다시 홈스쿨링을 말하다니, 그저 웃음만 날 뿐이다. 그래도 미루는 한

태국, 끄라비에서, 2020

항상 재밌게 살자! 겐트(Ghent), 벨기에(Belgium), 2022

미루야, 언제 어디서든 당당하렴!

국의 학교보다는 훨씬 느슨한 분위기의 네덜란드 학교에 잘 다니고 있다. 수학은 약하지만 (이건 왜 날 닮아서!) 읽기와 쓰기는 잘한다. 아빠와 함께 시 낭송을 즐기고 그림 그리기와 인형극 놀이를 좋아하며 친구 집에 놀러 가는 걸 좋아한다. 일주일에 한 번 드럼 레슨을 받고 토요일에는 스카우트에 간다. 비록 덧셈 뺄셈은 서툴지만, 빨간펜 선생님도 없고 학습지 하나 안 풀지만, 만사가 재미있다는 만 열 살 아이의 현재 교육 환경에 난 딱히 불만이 없다.

앞으로 미루의 교육은 우리의 여행을 결정하는 치명적 요소가 될 것이다. 모든 건 열어둔다. '로드 스쿨러'라고 불리는 길 위의 학교에서 홈스쿨링으로 배움을 연장하는 게 과연 최고의 선택인지도 잘 모르겠다. 훗날 미루가 "그때 그렇게 했던 엄마 아빠의 결정에 감사해요"라고 말할까? 교육에는 결코 정답이란 없으니, 계속 질문하고 열린 마음을 가지려고 노력하는 게 내가 할 수 있는 일이다. 설사 그게 여행을 포기하는 결과를 낳을지라도. 미루 말대로 네 번이면 되는 것도 있는 거겠지?

여름 방학이 끝나고, 아이는 선심 쓰듯 시크하게 등교했다. 그 뒷모습을 보자 피아노를 배우고 싶다고 했던 그날이 생각났다. 그때 미루는 이 말도 했다. 커서 농부가 되고 싶다고. 뭐가 되고 싶냐는 질문에 항상 시큰둥하게 "아무것도 되고 싶지 않은데."라고 했던 아이 입에서 나온 말이었다. 그 후로 장래 희망은 계속 변한다. 얼마 전엔 호텔 매니저가 되겠다고 했다. 생각해보니 농부는 일이 너무 많을 것 같다나 뭐라나. 허허허… 아무튼 제2의 조성진은 없는 걸로 하자.

나

이렇게

귀엽게

늙으면

좋겠어

Drawing by 옐로우덕, 2022

난 히피가 아니다

요즘은 덜하지만 한때는 공공연히 말해야 했다. 난 히피가 아니라고. 사람들은 우리가 정착지를 찾아 (좋은 말로) 여행했다고, 혹은 (나쁜 말로) 떠돌아다녔다고 하면 바로 우리를 히피로 규정했다. 그들이 말하는 '히피'가 정확히 무언지는 모르겠으나 분명 미디어에서 본 이미지에 기반할 거다. 알록달록 염색한 셔츠에 배기 팬츠(이른바 똥싼 바지)를 입고 머리에 밴드를 두르거나 꽃을 꽂고 세상만사 내 알 바 아니라는 듯 자유분방하게 사는 이미지. 도어즈(Doors)니, 우드스톡(Woodstock)이니, 캘리포니아 드리밍(California Dreaming)이니 하는 것들. 그럴 때마다 나는 내가 원하는 인생을 찾아 여행할 뿐 히피는 아니라고 했다. 아니, 우겼다. 남들이 뭐라든 내 인생을 특정 카테고리에 넣고 싶지 않다는 의지의 표방이다.

히피 경험이 없는 건 아니다. 2015년 여름, 포르투갈 중부 지방의 산속에서 열린 '레인보우 게더링(Rainbow Gathering)' 모임에 일주일간 참여했었다. '문명을 벗어나 자연 속에서 사랑과 화합을 노래하며 지내는 공동체 생활'이란 설명 대신 그냥 '히피 모임'이라고 하면 이해가 쉽다. 이미 히피 마을에서 지낸 적이 있어서 뭘 보게 될지는 짐작할 수 있었지만, 그래도 300명 이상이 모인 대규모 히피 경험은 이때가 처음이었다. 수시로 세계 각지에서 열리는 레인보우 게더링은 그 종류와 규모가 다양한데, 세상을 경험하려는 10~20대 젊은이들이 대다수지만 30~40대 가족도 있고 아우라가 대단한 60~70대 히피도 있었다. 드레드락 머리 스타일을 하고 알록달록 날염 옷을 입고 기타, 젬베 등 악기를 연주하고, 훌라후프나 저글링을 하는 사람, 영화 〈올드 보이〉의 전갈 자세 같은 고도의 요가 동작을 하는 사람, 불 앞에서 명상하는 사람, 벌거벗고 온몸에 재를 바른 채 요상한 뱀 춤을 추는 사람 등, '히피' 하면 생각나는 모든 사람이 모인, 말 그대로 히피 종합선물세트였다.

자연주의를 추구하기 때문에 전기 사용이 안 되고 화장실도 땅을 깊게 파서 쓰는 재래식이며 물도 옹달샘에서 받아 마셨다. 흐르는 강물에 몸을 씻고 휴지, 비누, 샴푸 사용은 최대한 자제했다. 카메라, 휴대폰, 컴퓨터 등은 한낮 고철덩이로 전락했다. 시계도 없다 보니 시공간의 끈을 놓쳤지만, 오히려 자기 몸과 주변, 그리고 자연의 변화에 집중하게 됐다. 이 모임엔 리더도 없고 규칙도 없었다. 모임을 주관하는 조직은 있었지만 앞장서 지휘하거나 명령하지 않았다. 모두에게 발언권이 있고 서로의 의견을 들으며 숙식 및 워크숍 활동 등이 자발적이고 유기적으로 돌아갔다. '자유, 평등, 박애, 평화'라는 보편적 가치를 바탕으로 모든 이를 감싸 안고 자연으로 회귀하는 모임이라니! 나는 그 공간과 사람이 뿜어내는 에너지에 매료되었고 진심으로 세상이 이런 아름다운 에너지로 가득 차길 기도했다. 이 엄청난 마력의 집단에 발을 딛는 순간, 저절로 내 인생관을 돌아보게 되었고 지구를 더 아끼게 되었으며 부조리한 사회 구조에 대해 다시 생각하게 됐다.

뭐가 이리 거창하냐고, 이렇게 좋으면 히피 해야 하는 거 아니냐고 할지도 모르겠다. 하지만 안타깝게도 내게 그 이상적인 경험은 일주일이 한계였다. 한없이 아름다울 것 같던 모임은 서서히 그 이면도 드러냈다. 마리화나와 마약에 찌든 공간이었고 혼자 인생을 득도한 것 마냥 허세가 권력인 공간이었으며 사회와 교류하지 못한 채 그들만의 버블 안에 갇힌 고립의 공간이었다.

슬슬 곳곳에서 '허무'가 보였다. 내게 '허무'는 항상 순간의 쾌락과 황홀 후에 오는 벌이었다. 대학 시절 신촌의 록카페나 강남의 나이트클럽에서 놀 때도 허무함은 가슴을 울리는 스피커의 진동보다 강했다. 허둥지둥 올라탄 2호선 막차가 당산 철교를 지날 때 창문 너머 한강을 바라보며 느꼈던 그 허무를 레인보우 게더링을 빠져나오며 달리던 비포장도로에서 느낄 줄이야.

같이 갔던 친구는 자동차 핸들을 바짝 잡고 굉장한 경험이었다며 흥분했지만, 나는 밤 조명에 빛났던 63빌딩을 떠올렸다. "대체 내가 일주일간 뭘 본 거지?"라고 질문할 때 친구는 자신이 꿈꾸는 이상향을 찾았다고 했고(이게 이상향이라고?) '이런 건 한 번이면 족해'라고 생각할 때 친구는 다음 모임에도 가겠다고 했다(뭐? 이걸 또?!) 누구에겐 천국인 이 모임이 왜 내게는 허무로 다가왔을까? 쾌락 너머 레인보우의 정수를 느끼기엔 일주일이 짧았던 걸까? 이게 내 한계일까?

단점만 크게 보고 진정성을 의심하는 내 냉소가 미웠다.

다녀온 후 꽤 오랫동안 상념에 잠겼다. 모임에서 만난 친구들이 계속 찾아오며 집은 점점 히피 집이 되어갔지만 (당시 우린 쉐어 하우스에서 살고 있었다) 딱히 동화될 수 없던 난 서서히 그 속에서도 이방인이 되었다. 주변에서 겉돌며 자기 검열에 들어갈 즈음, 나는 상념을 멈추고 결심했다. 어떤 부류로 날 규정하지 않겠다고. 그저 사람과 세상에 대한 사랑을 내 방식대로 표현하면 된다고. 방법이 다를 뿐, 그들은 그들대로 표현할 것이고 난 '히피'란 카테고리가 아닌 나로서 표현할 거라고.

손사래 치며 규정되는 걸 거부했지만 그래도 마음이 편했던 카테고리는 있다. 난 내가 '연극인', 혹은 '여행자'로 불릴 때 편했다. 그 단어에 자부심도 있었다. 그런데 이젠 연극 작업을 하지 않으니 '연극인'도 아니요, 여행하지 않으니 '여행자'도 아니다. 그럼 이제 난 뭘까? 단어 하나에는 수많은 함의가 있지만 행동이 따라주지 않으면 그 함의를 충족할 수 없다. 하지만 행동하지 않아도 날 규정하려는 단어의 침략은 수시로 벌어진다. 종류도 다양해서 나이, 인종, 젠더, 직업, 성향 등 각양각색이다. 어른, 동양인, 한국인, 여성, 엄마, 외국인 등등… 편한 단어는 하나도 없고, 여전히 이 모든 단어가 어색하다. 스스로 '이방인'이라 부르지만, 이 역시 편하지 않다. 이 모든 단어로부터 진정 자유로울 수 있을까?

내 주변엔 한 단어로 자신을 표현하는 친구들이 많다. 그 단어를 자랑스럽게 여기고 이를 지키기 위해 투쟁도 서슴지 않는다. 세상에는 카테고리 안에서 행복한 사람과 카테고리 밖에서 행복한 사람, 두 부류가 있나 보다. 난 후자다.

코로나가 잦아든 지금, 다시 레인보우 게더링이 열릴지 궁금하다. 비공개적으로 입소문을 타고 열리는 모임이니 분명 지구 어느 한구석에서 열리고 있을 거다. 다시 가보고 싶은 충동은 있지만, 그 경험은 역시 한 번으로 족한 것 같다.

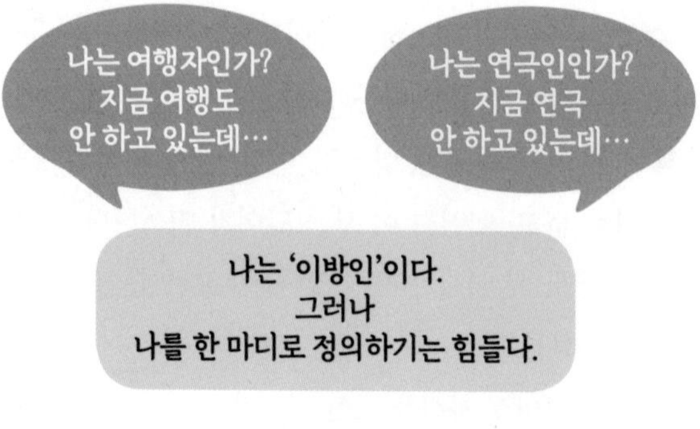

나는 여행자인가?
지금 여행도
안 하고 있는데…

나는 연극인인가?
지금 연극
안 하고 있는데…

나는 '이방인'이다.
그러나
나를 한 마디로 정의하기는 힘들다.

준비된 이방인, 어디서든 씩씩한 승연 씨

어디서든 씩씩한 승연 씨

날 구성하는 게 무엇일까?

내 이름은 최승연이고 높을 최(崔), 정승 '승(丞)', 이을 '연(延)' 자를 쓴다. 벼슬을 이으라는 조상의 사명을 띠고 1973년 서울에서 태어난 소띠 여자다.

어머니, 아버지 모두 살아 계시고 밑으로 연년생 남동생이 있다. 150에서 0.3 모자란 149.7cm에서 키가 멈추는 바람에 이 세상 모든 걸 우러러본다. 아주 가난하지도, 그렇다고 아주 부자도 아닌, 아주 보수적이지도, 그렇다고 아주 진보적이지도 않은, 아주 오글거리지도, 그렇다고 아주 건조하지도 않은, 적당히 평범하고 적당히 행복한 집안에서 큰 문제 없이 자랐다. 그 후 어느 대학에 갔고, 졸업한 후 어디서, 무엇을, 어떻게, 했는지 쓸 수 있겠는데… 살수록 느낀다. 사람들은 '지금'을 더 따진다는 걸.

앞에 쓴 장황한 설명은 필요 없고 '아, 됐고, 그래서 지금 뭐 하냐고?'의 결과치를 요구한다. 그만큼 '지금 하는 일'은 자신의 현재 정체성을 규정하는 (혹은 남이 규정하는) 치명적인 요소다.

라떼 타임 좀 가져보겠다. 20대 때 내 꿈은 아일랜드 록그룹 U2의 공연을 디자인하는 것이었다. 이 꿈을 이루려고 뉴욕으로 갔다고 해도 과언이 아닐 거다. 대학원 졸업 후, 운 좋게 톰 슈윈(Tom Schiwinn)이란 디자이너의 어시스턴트로 취직했다. 그는 주로 콘서트, 방송, 컨퍼런스 등의 무대를 디자인했는데, 난 "U2까지 가즈아~!" 창창한 미래를 꿈꾸며 벌겋게 달아올라 이 한 몸 바쳐 죽어라 일했다. 미국의 음악 방송 VH1의 무대를 자주 디자인한 톰 덕분에 본 조비(Bon Jovi), E.L.O(Electric Light Orchestra), 빌리 아이돌(Billy Idol), 마이클 잭슨 등 이력서에 으스대며 넣기 좋은 유명 뮤지션의 공연에 아트 디렉터로 참여할 수 있었다. 쉬운 보스는 아니었지만 그래도 모자란 영어 때문에 실수를 많이 해서 제작소가 불평해도 일일이 감싸고 하나하나 가르쳐주신 참 고마운 분이다.

매치박스 20(Matchbox 20)란 밴드의 공연 때 일어난 일이다. 90년대 말에 인기 있던 밴드인데, 리드 싱어인 로브 토마스(Rob Thomas)가 피처링한 산타나(Santana)의 'Smooth'란 노래가 공전의 히트를 치는 바람에 확 뜬 밴드다. 공연 당일, 무대 셋업 할 때 고생이 말이 아니었다. 하필 톰이 심한 독감에 걸려 못 나오는 바람에 나 혼자 무례하기로 유명한 카메라 크루 및 방송사 중역들을 상대해야 했다. 제작소 사람들은 이미 모든 정보를 줬음에도 자잘한 질문들로 날 괴롭혔고, 와야 할 세트가 안 와서 그걸 해결하느라 동분서주했고, 불안한지 꽉 막힌 콧소리로 끊임없이 전화하는 톰을 달래야 했다. 촬영 시간이 다 되어서야 소품 담당 인턴인 '우리 편' 매튜가 짐을 잔뜩 들고 나타났을 땐 너무 반가워 그를 꼬옥 안고 "나타나서 고마워"를 남발했다. 영문도 모른 채 어리둥절해하던 그의 표정이 기억난다.

이날 나는 '이상한 나라의 앨리스' 같은 희한한 경험을 했다. 어찌어찌 셋업을 마무리하고 공연이 시작됐는데, 몇 곡의 노래가 끝난 후에야 이상한 깨달음이 스멀스멀 핏줄을 타고 온몸에 퍼졌다. 바로 밴드를 포함해 관객 및 공연에 참여한 스탭까지 모두가 백인이라는 사실. 흑인도, 라틴계도, 동양계도, 한마디로 유색인종은 나밖에 없다는 사실. 뒤에서 봤으므로 분명 내 착각이었을 거다. 게다가 뉴욕 아닌가. 다양성 하면 1등인 도시인데, 그 공간에서 유일한 유색인종일리야. 하지만 그 당시 아무리 둘러봐도 내 눈엔 백인밖에 보이지 않았다.

그 순간 음악은 들리지 않았고, 나는 호리병의 물을 마시고 갑자기 쏘옥 작아져버린 앨리스가 되었다. 혼자 적막의 세상으로 까마득히 떨어진, 너무 작아서 아무리 소리쳐도 목소리가 닿지 않는 작디작은 앨리스가. 왜였을까? 그 누구도 뭐라 하지 않았건만 난 이유 없이 스스로 쫄아버렸다. 하얗고 하얀 쌀밥 위에 뚝 떨어진 코피 한 방울 같은, '마이너리티(minority)', 즉 '소수'란 게 무엇인지 뼈저리게 자각했던 그 강렬한 경험을 지금도 잊을 수 없다. 공연이 끝나고 무대 철거까지 다 끝난 난 후에야 코피 한 방울이 더 떨어졌다. 스튜디오를 청소하려고 들어온 키 큰 흑인 청소부 어르신이었다.

이게 2001년도니까 근 20년 전의 일이다. 하지만 이런 일은 지금도 벌어진다. 예를 들어 2021년 가을, 카밀이 그의 시집을 출간한 소규모

뉴욕 차이나타운, Drawing by 옐로우덕, 2020

출판사를 대표해 참가했던 '시문학의 밤(Nacht van de Poezie)' 시 낭송 공연 행사를 들 수 있다. 무대에서 시 낭송을 한 19명의 시인 중 18명이 모두 백인이었다. 사이사이 공연했던 여섯 팀의 음악팀도 한 팀만 월드 뮤직이었다. 구색 갖추기라는 인상을 지울 수 없었다. 행사에 온 관객이나 문학 관계자들도 거의 백인이어서 가끔 보이는 유색인을 손으로 세어야 했다. 문학이라서 그랬을까? 이민자 문학은 최근에서야 주목받기 시작했으니 그럴지도 모르겠지만 전체 인구 1,728만 명 중 약 20퍼센트 이상이 이민자인 다민족 국가를 표방하는 나라에서, 19명 중 겨우 한 명이라니, 그 숫자가 매우 아쉬웠다. 나는 씁쓸히 입맛을 다시며 카밀에게 말했다.

- Wow··· this is so··· WHITE! (이야··· 이거 너무··· 하얗잖아!)

그때 잠시 잊었던 내 위치를 확인했다. 아이를 등하교시킬 때, 슈퍼마켓에서 장을 볼 때, 시내나 공원을 산책할 때, 이런 좁디좁은 일상 밖, 확장된 사회 속의 내 위치 말이다. 그래, 이런 거였지, 아무리 다양성을 존중하는 문화 강국 네덜란드라지만 여전히 난 이곳에서 호리병 속의 물을 마시고 먼지만큼 작아진 이상한 나라의 앨리스였던 거지. 순간 확 겁이 났다. 앞으로 헤쳐가야 할 상황이 '안 봐도 비디오'처럼 펼쳐졌다. 이곳의 예술 학교 출신도 아니고, 언어도 안 통하고, 융복합이니 뭐니 미래지향적 예술이 주목받는 시대에 고리타분한 풍경 그림을 그리고, 젊은 라이징 스타도 아닌 기댈 곳 하나 없는 50대 키 작은 동양인 아줌마인 내가, 첩첩이 쌓인 한계를 극복하고 예술가로서 창작을 이어가며 내 위치를 찾을 수 있을까?

한 나라의 시스템 속에서 단단히 자리 잡으신 모든 이민자의 투쟁에 경의를 표한다. 그 자리에 이르기까지 긴 세월 처절한 싸움을 했을 거고 앞으로도 할 거다. 나 역시 U2 무대를 디자인하겠다는 일념으로 뉴욕 생활을 했던 그때의 패기를 다시 끌어올린다. 〈우주보안관 장고〉란 애니메이션을 기억하는가. 머나먼 우주의 별나라 뉴 텍사스에서 신비의 케륨 광석을 노리는 우주의 악마를 마주할 때마다 보안관 장고는 이렇게 외쳤더랬다.

- 곰 같은 힘이여 솟아라! 표범처럼 날쌔거라! 늑대의 귀로 들어라! 매의 눈으로 보아라!

나도 외친다. 곰의 힘과 표범의 날쌤과 늑대의 귀와 매의 눈으로 내 위치를 정확히 인식하고 분석하여 살아남겠다고. 그래서 누군가 "됐고, 지금 뭐 하는데?"라고 물으면 어디서든 씩씩하게 "창작합니다!"라고 대답하겠다고. 그래서 웹사이트부터 만들었다. 사이트의 주소는 아래와 같다.

yeonyellowduckchoi.com

시간 되실 때 꼭 확인해주시길.

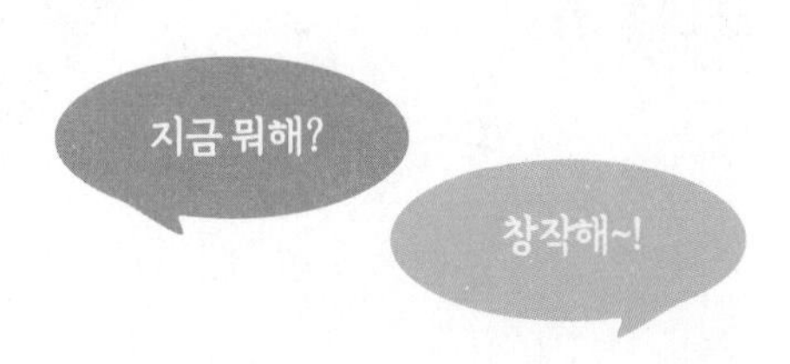

지금 뭐하냐고? 창작해!

어느 여행자의 철없는 시선

지금도 여전하지만, 예전에 난 세상에 대해 무지하고 무식했다. 아니, 게을렀다는 게 더 정확하다. 세상은 공부할 것투성이였고 하면 할수록 어려웠다. 세계를 여행하며 그나마 견문이 넓어졌다 할 수 있지만 그 방대한 양과 어려움에 압도되어 종종 게을렀고 그럴수록 내 무지와 무식은 산이 되었다.

2019년 말, 말레이시아의 수도 쿠알라룸푸르(Kuala Lumpur)에 도착했을 때도 그랬다. 나라에 대한 최소한의 지식을 갖추는 게 예의지만, 페트로나스(Petronas) 타워와 무슬림 국가라는 것 외에는 아는 것 없이 '가서 부딪치지 뭐' 라는 게으른 배짱으로 입국했다. 아니나 다를까, 슬램덩크의 강백호가 농구공을 처음 잡았을 때처럼 무식을 사방으로 튕기며 놀라기에 바빴다.

어머, 영국처럼 자동차 운전석이 오른쪽에 있네? 아, 옛날에 영국 식민지였다고? 그런데 중국인이 왜 이리 많아? 인도인도 많네? 동남아에서 이렇게 다양한 민족이 어울린 곳은 처음 봐. 그나저나, 정말 화려하구나! 사방팔방 높은 빌딩과 쇼핑몰이네. 또 어디서든 영어가 통하니 나 같은 외국인도 쉽게 다닐 수 있구나. 하기야 다양한 민족이 같이 살려면 영어를 쓸 수밖에 없겠어. 쿠알라룸푸르, 너무 재밌다!

쿠알라룸푸르는 인구 중 60%가 중국인이라고 한다. 영국 식민지 시대에 주석을 채굴하기 위해 이주해온 화교가 클랑(Klang) 강을 따라 모여 산 게 시작이라고 했다. 왜 그리 중국인이 많을까 궁금했는데, 이유가 여기에 있었다.

"쿠알라룸푸르의 발전 과정은 동남아시아 특유의 복합사회 특성을 나타낸다. 말레이 민족 국가의 수도임에도 불구하고 주민의 2/3가 중국계이며 말레이계는 15%, 인도계 10%이고 그밖에 유럽인도 있다. 이들은 저마다 역사적으로 거주 구역을 달리하고 종교, 언어, 직업, 생활 수준 등에서도 뚜렷이 구별되고 있다. 예컨대 상공업 종사자는 중국계가 압도적으로 많으나 하급 관리, 경찰, 군인 등은 말레이계, 교통 운수 종사자는 인도계가 많다."

백과사전의 설명처럼 실제로 말레이, 중국, 인도의 세 문화는 묘하게 섞여 있으면서도 눈에 띄게 구분되어 있었다. 차이나타운 한복판에 힌두 사원이 있었고 건너편엔 삼국지의 관우를 모시는 사원이 있었다. 그러다 코너를 돌면 머리부터 발끝까지 새까만 니캅(Niqab)을 입은 무슬림 여성이 앉아 있었다. 난 영어, 말레이어, 중국어, 힌디어의 모든 간판이 한꺼번에 번쩍이는 쿠알라룸푸르의 모든 것이 신기하고 재밌어서 무더위도 아랑곳 않고 거리를 활보했다. 그리고 이런 생각을 했다.

쿠알라룸푸르 차이나타운에 있는 벽화

쿠알라룸푸르, 말레이지아, Drawing by 옐로우덕, 2020

- 그렇다면 이 도시에선 딱히 '이민자', 혹은 '이방인'이라는 말이 적용되지 않을지도 몰라. 모두가 이민자고 모두가 이방인일 테니까.

꼬리표가 붙지 않는다는 사실에 마음이 편해졌다. 길거리의 인파 속에서 튀지 않고 자연스레 섞일 수 있는 물리적 자유는 덤이었다. 최소 3개의 인종과 언어, 문화가 한곳에 어울려 산다는 사실은 이상하리만큼 깊은 안도감을 주었다. 하지만 이는 '언젠가는 떠날 여행자'가 가지는 얄팍한 관찰력과 순진함이라는 걸 그때는 몰랐다. 역시 난 무지하고 무식했다.

알고 보니 이랬다. 여러 역사적 사건들 끝에 말레이인, 중국인, 인도인 및 기타 소수 민족들이 섞여 사는 상황은 말레이 토착민과 이민자들 사이에 경제적 불평등 및 여러 문제를 야기했다. 이에 여러 분야에서 말레이인들에게 기회를 더 주는 '부미푸트라'란 제도를 만들었다는 사실을, 그래서 민족 사이에서 갈등이 끊이지 않는다는 사실을, 누구는 이를 '화합'과 '공존'으로 추앙하고 누구는 이걸 21세기에 버젓이 벌어지는 '차별'로 규정한다는 사실을, 따지고 보면 이들은 결코 '어울려' 사는 게 아니라 그저 서로를 '참고' 사는 거라는 사실을, 이 모든 걸 말레이시아를 떠난 지 한참 후에야 알았다. 이래서 아는 만큼 보인다고 하는 것일까? 맥락을 모른 채 돌아다닌 여행자 눈에는 그저 다양성이 자연스럽게 공존하는 '화합'의 모습만 보였는데, 사정을 알고 나니 내가 쿠알라룸푸르에서 가졌던 안도감이 거짓으로 느껴졌다. 마치 어떤 영화 제목처럼 그때는 맞고 지금은 틀리다고, 혹은 그 반대라고 말이다.

그래서 중국계 말레이시아인 친구에게 질문을 퍼부었다. 제일 궁금했던 세 가지는 이거였다.

1. 문화적 충돌은 없는가?

2. 서로의 언어를 다 아는가?

3. 스스로를 말레이시아인이라고 생각하는가?

이에 대한 친구의 답변은 이랬다.

1. 충돌이 왜 없겠는가? 중국인은 돼지고기에 환장하는데 무슬림은 돼지고기를 안 먹는다. 하루에 다섯 번 사방에서 울리는 기도 소리는 너무 시끄러워서 짜증이 난다. 제도적으로 말레이인이 이득을 볼 때가 많아 불만이 터지기도 한다. 그냥 서로 참고 사는 거다. '너희는 그렇게 살아라, 우리는 이렇게 살련다' 하면서. '같이' 사는 거지 결코 '섞여' 사는 건 아니다. 말레이+중국인, 말레이+인도인, 중국인+인도인 등의 다문화 커플은 드물다. 각자 고유의 문화를 지키며 살지만 하나로 통일된 '말레이시아' 문화가 없는 걸 보면 알지 않겠나.

2. 말레이시아에서 자란 사람이라면 학교에서 기본적으로 말레이어와 영어를 배우기 때문에 두 언어로 대화가 가능하다. 그 외의 언어는 각자의 커뮤니티에서 배운다. 나도 말레이어를 학교에서 배웠고 중국어는 커뮤니티에서 배웠다.

3. 난 말레이시아인이다. 정확히 말하면 '중국계' 말레이시아인이다.

친구가 내 질문 폭탄을 부담스러워하는 것 같아 아쉽게도 넘쳐나는 질문을 멈춰야 했지만 그래도 이 대답으로 말레이시아인들이 어떻게 다름을 끌어안고 사는지 약간의 힌트를 얻을 수 있었다. 동시에 다른 민족 출신의 말레이시아인은 어떻게 생각할지 궁금했다.

새로운 장소에 갈 때마다 '여기서 살 수 있을까?'를 생각하는 내게 쿠알라룸푸르는 단연코 매력적인 도시 1순위로 다가왔다. 이 도시가 구성하는 '다양성'이 다문화 가족인 우리를 따뜻하게 품어줄 것 같아서였다. 사실 항상 관찰자일 수밖에 없는 이방인의 눈으로 단기간에 복합적인 면을 꿰뚫어보기란 한계가 있다. 3개월이란 체류 기간 안에 도시가 제공하는 최대치만 취하고 떠난다면 모든 게 쉽고 편하겠지만 조금이라도 관계 맺기를 시작하면 낭만이라는 한 겹 뒤에 숨겨진 이면이 드러나고, 종종 그 모습은 불편하다. 난 쿠알라룸푸르를 떠난 후에야 그 이면을 보았고 이내 불편해졌다. 쿠알라룸푸르의 절대 매력과 내가 느낀 그때 그 안도감을 부정하고 싶지 않다. 다만 조금 더 깊지 못했던 내 시선이 아쉬울 뿐이다. 그래서 쿠알라룸푸르는 여행자, 혹은 이방인으로서의 내 시선에 대해 질문을 던지는 도시가 되었다. 과연 난 내가 보는 걸 어디까지 믿을 수 있을까? 이건 공부로 해결되는 걸까?

우리는 2020년 새해를 쿠알라룸푸르에서 맞았다. 페트로나스 타워 뒤로 펑펑 터지는 불꽃놀이는 타워 주변에 모인 모두에게 공평한 즐거움을 선사했다. 그리고 우와~ 넋을 놓고 볼 때만 해도 코로나란 바이러스가 공평하게 모두를 덮치리라고는 상상하지 못했다.

새로운 장소에 갈 때마다 난 '여기서 살 수 있을까?'를 생각한다.
말레이시아 페낭에서, 2020

생일 축하 노래에도 인종차별이

어느 날, 생일 축하 노래 리듬에 맞춰 나직이 흥얼거리는 미루의 노래에 내 귀가 쫑긋 반응했다.

- 행키 팽키 상하이~ 행키 팽키 상하이~ 행키 팽키 행키 팽키~ 행키 팽키 상하이~

아니, 상하이가 여기서 왜 나와? 행키 팽키는 또 뭐고? 나는 미루에게 무슨 노래냐고 물었고, 그렇게 해서 나는 사람들이 말하기 꺼리는, 혹은 그들에겐 너무 당연해서 그게 문제인지조차 모르는 네덜란드의 희한한 문화 하나를 알게 됐다.

- 옛날엔 눈을 이렇게 하면서 불렀대. 그런데 선생님이 이젠 그러면 안 된다고 했어.

미루는 검지 손가락으로 두 눈 끝을 찢으며 말했다. 이른바 '칭키 아이(Chinky Eyes)라 불리는, 서양인들이 동양인을 비하할 때 흔히 하는 행동이었다. 내 뇌는 지지직 에러를 일으켰고 자연스레 카밀 쪽으로 고개를 돌렸다. 그는 내 눈을 피하다가 머뭇머뭇 말했다. '행키 팽키 상하이(Hanky Panky Shanghai)'는 옛날부터 네덜란드에서 부르던 생일 축하 노래인데 특히 동양계 아이에게 불렀다고. 아직 이 노래를 부르는지 몰랐다고. 뭐라고? 이게 무슨 개소리야?!

- 미루야, 혹시 그 노래 네 생일에도 불렀어?

- 응! 그런데 다른 아이들 생일에도 불렀어.

- 선생님이 눈 찢으면 안 되는데 노래 부르는 건 괜찮다고 했다고?

- 응!

- 너 행키 팽키가 무슨 뜻인지는 아니?

- 아니.

- 그 노래 부를 때 네 기분은 어땠어?

- 음… 잘 모르겠어.

- 미루야. 넌 이 노래를 부르면 안 돼.

- 왜?

- 아주 인종차별적인 노래거든. '행키 팽키'란 말도 아이에겐 안 맞고(성행위, 혹은 성적으로 문란하단 뜻이다) 눈 찢는 것도 동양인을 비하하는 나쁜 행동이야. 넌 네덜란드인인 동시에 한국인이니까 더 부르면 안 돼. 눈 찢는 건 안 된다면서 노래는 괜찮다고? 앞뒤가 안 맞잖아!

갑자기 흥분하는 내 모습이 어색했는지 미루는 멍한 표정을 지었고 카밀은 내 눈치만 봤다. 노래에 대해서 검색했지만 정보는 많지 않았다. 1990년대부터 불렀다는데 (다른 유럽 국가에서는 부르지 않는다) 어떻게, 왜, 이 노래가 탄생했는지 정확한 유래가 없었다. 그저 거기에 있었고 '문화'라는 이름으로 오랫동안 문제의식 없이 불렸다. 아예

이 노래를 중국의 생일 축하 노래로 알거나 악의가 없으니 문제 될 게 없다고 말하는 네덜란드인이 많다는 게 놀라웠다.

많은 사람이 유럽에 대해 환상을 가지고 있다. 네덜란드에서 산다고 하면 우와, 좋은 곳에서 사네! 하는 사람이 많다. 하지만 유럽의 인종차별에 대해서는 잘 모르는 것 같다. 유럽의 인종차별은 상당 부분 무지에서 비롯된다. 어쩔 땐 몰라도 너무 몰라서 헛웃음이 나온다. 코로나 이후로는 더 심해졌다. 이런 일이 교육 현장에서 벌어지고 있다니, 순간 어깨가 축 처졌다. 멀어도 한참 멀었다는 무력감이 밀려왔고 하나하나 조곤조곤 가르칠 수밖에 없는 이 상황에 화가 났다. 언어의 한계 때문에 학교에 관련된 일은 주로 카밀이 처리했는데 이 경우는 내가 가만히 있으면 안 될 것 같았다. 잔다르크가 되어 주먹을 불끈 쥐고 진격을 외쳐야 했다.

담임 선생님께 영어로 메일을 썼다. 노래에 대해 유감을 표했고 아무리 악의 없는 네덜란드의 문화라 해도 이건 명백한 인종차별이라고 썼다. 특히 코로나로 인해 동양인 혐오 범죄와 차별이 늘어가는 상황에서 교육계야말로 이 문제를 자각하고 시대의 변화에 맞게 반응해야 한다고 강조했다. 학교에서 이 노래를 부르지 말아줄 것과 더불어 이 이슈에 대해 아이들이 토론할 수 있는 프로그램을 만들면 좋겠다고 건의했다. 솔직히 학교가 어떤 반응을 보일지 알 수 없었다. '다 같이 즐기자는 건데 왜 죽자고 달려드냐' 혹은 '혐오 의도가 없는데 왜 그리 까칠하냐'라는 태도를 보이면 어쩌나, 네덜란드인이 은연중 보

미루를 중심이 잘 잡힌 아이로 키우겠다고 마음을 다졌다.

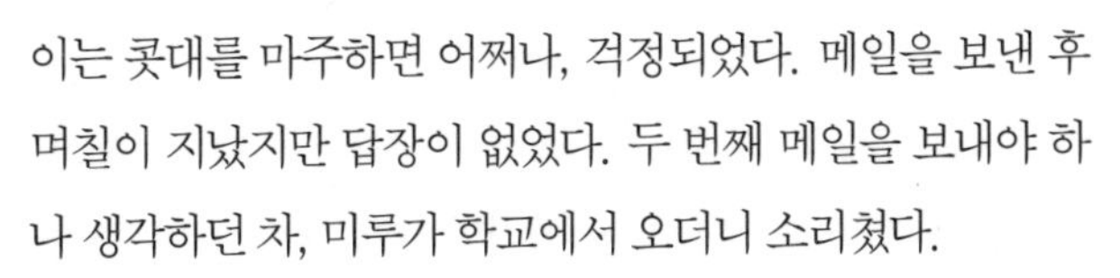

이는 콧대를 마주하면 어쩌나, 걱정되었다. 메일을 보낸 후 며칠이 지났지만 답장이 없었다. 두 번째 메일을 보내야 하나 생각하던 차, 미루가 학교에서 오더니 소리쳤다.

- 엄마! 이제 학교에서 그 노래 안 불러!

- 뭐?

- 선생님이 이제 행키 팽키 안 부를 거라고 아이들 다 불러놓고 말씀하셨어!

카밀의 말에 따르면 담임 선생님이 먼저 카밀에게 대화를 청했고 "메일 잘 받았다. 건의사항을 수용하여 앞으로 학교 내에서 그 노래를 부르지 않기로 했다. 눈 찢는 행동도 없을 것이다. 이에 대해 학생들을 모아 놓고 발표했다. 미루 엄마 입장을 충분히 이해하며, 이의 제기를 해줘서 고맙다."란 말을 전했다고 했다. 학교의 조처에 안도했지만 그래도 뭔가 찝찝했다.

- 그래서 내 메일엔 답장 안 보낸대? 그냥 그렇게 당신에게 말하고 끝인가?

- 모르겠는데. 그래도 학교가 그렇게 하겠다고 하니 다행이잖아.

학교 입장에선 카밀에게 얘기했으니 그걸로 충분하다 생각했겠지만 내 입장에선 제대로 된 답장이 없어 아쉬웠다. 순간 답장을 요구할까 하다가 우선은 이 상황을 즐기고 싶어서 그 생각은 접어두고 미루를 힘껏 안아줬다. 지금 사는 소도시로 이사 오기 전의 일이었으니 조용히 그 학교를 마무리하고 지금의 학교로 전학 오면 될 일이었다. 하지만 아예 이 노래의 존재를 몰랐다면 모를까 한 번 안 이상 어떻게 그걸 그냥 넘길 수 있겠는가? 미루가 학교를 떠난 후 또 다른 동양인 아이가 올지 누가 아는가. 생일 축하랍시고 모든 아이들이 나를 향해 눈을 찢으며 이 노래를 부른다고 상상해보라. 어휴, 생각만 해도 아찔하다. 이런 문화를 바꾸는 데 일조했다는 사실이 기뻤다.

학교로부터 답을 들은 지 이틀 후 네덜란드 체류증을 받았다. 법적으로 걸림돌 없이 이 나라에서 최소 5년을 지낼 수 있게 된 것이다. 그러자 두려움이 밀려왔다. 앞으로 또 어떤 황당한 경험을 하게 될까? 그래도 한 가지 확실한 건 앞으로도 난 내가 낼 수 있는 최대한의 목소리를 낼 거라는 거였다. 작은 변화의 성취감이 쌓였을 때 큰 변화도 만들 수 있다고 믿는다. 내가 이 나라에서 만들 수 있는 변화를 상상했다. 하지만 그 시작이 미루의 학교에서 벌어졌다는 게 씁쓸했다. 어차피 미루는 한국에서도 여기서도 이방인이기에 어떤 형태로든 차별을 경험하게 될 거다. 부모로서 내가 할 일은 올바른 가이드를 하는 거다. 미루를 중심이 잘 잡힌 아이로 키우겠다고 마음을 다졌다.

당신과 나의 이해 못할 화법

남편 카밀은 사람 만나고 대화하는 걸 좋아한다. 그런데 의외로 한국에서 지낼 때 그는 한국 사람 만나는 걸 힘들어했다. 한국인 특유의 '빈말'과 '떠보기' 때문이었다. 자고로 네덜란드인은 돌려 말하는 법이 없다. 만약 '필터 없는 직설 화법' 랩 배틀이 있다면 그 우승은 당연 네덜란드인일 것이다. 그래서 문장 하나에 수많은 함의가 담겨 있는 한국인의 화법은 카밀이 넘어야 할 큰 산이었다. 우리는 누가 "언제 밥 한번 먹자"라고 했을 때 "응, 그러자!" 답하지만, 바로 안다. 그런 일은 곧 일어나지 않을 거라는 걸. 사실 이 말은 인간의 가장 기본적인 행위인 먹는 행위를 챙김으로써 내가 당신을 특별하게 생각한다는 걸 알리려는 호감의 태도다. "연락할게요" "다음에 또 뵈어요" "술 한잔해요" 등등, 우리는 분위기를 띄우기 위해, 상황을 모면하기 위해, 관계 개선을 위해, 이런 빈말을 수없이 한다. '떠보기'는 또 어떤가? 민감한 사항이나 상대에게 예민할 수 있는 질문을 돌려서 한다. 하지만 카밀에게 이런 화법은 암호 해독과 같아서, 밥 먹자고 하면 말 그대로 먹어야 하는 그에게 종종 빈말은 거짓말로, 떠보기는 무책임함으로 해석되었다.

그래서인지 카밀이 관계를 지속한 한국인은 없다. 종종 "카밀은 제가 만난 외국인 중 제일 착한 사람이에요"라는 말을 들었지만 언어 교환에서도, 사교 모임에서도, 만남은 오래 가지 않았다. 이유는 모르겠다. 그저 언어 장벽이거나 그의 투 머치 토크가 부담스러웠을 거라 짐작만 할 뿐. 카밀은 이렇게 투덜댔다.

- 만나기 싫으면 그냥 싫다고 하지 왜 바쁘다고만 해?

- 싫다는 말을 어떻게 면전에서 해? 그리고 진짜로 바쁠 수도 있지.

- 뱅뱅 돌려 말하는 것보단 시간 절약하고 좋지. 흐지부지 어물쩍 넘어가는 거 별로야.

- 그래도 니들처럼 말하면 (네덜란드인처럼 직설적으로 말하면) 상처받잖아.

- 연락하겠다고 하고 안 하는 게 더 상처야.

그런데 신기하다. 네덜란드에 있는 지금도 그 경험은 계속된다. 오겠다던 사람은 오질 않고, 연락하겠다던 사람은 연락하지 않고, 작품을 사겠다던 사람은 사지 않는다. 우연의 일치로 모두 한국인이다. 며칠 전에는 한참 그림을 그리는 내 옆에서 카밀이 자신의 휴대폰을 보다가 또 투덜거렸다. SNS에 올린 친구의 포스팅을 보고 난 후였다.

- 이 녀석은 내 책 산다고 했으면서 당최 연락이 없어.

- 또 그 얘기야? 그냥 지나가는 말일 수도 있잖아. 사고 싶으면 사겠지.

- 그럼 말을 안 하면 되지 운은 왜 띄우고 그래?

- 뭐… 분위기상 그랬을 수도 있고… 너 기분 좋게 해주고 싶었나 보지.

- 그러려면 진짜로 사야지! 내 글이 마음에 안 들면 솔직히 말하면 될 것을. 이 녀석은 어렸을 때부터 여기서 살았으면서도 이러네. 얘도 어쩔 수 없는 한국인이야! (카밀의 친구는 어렸을 때 한국에서 네덜란드로 입양되었다. 그리고 책은 독립 출판이어서 개인적으로 연락해야 살 수 있다.)

- 잉? 뭘 또 그렇게까지 말해? 거기서 한국인이 왜 나와?

- 뱉었으면 지켜야지. 하여간 한국인은….

솔직히 카밀에게 필요한 건 공감이었을 테니 군말 없이 받아줬으면 조용히 끝났을 거다. 하지만 말끝을 흐리며 "하여간 한국인은…"이란 일반화에 이른 대화가 좋은 방향으로 갈 리 없었다.

- 한국인이 뭐? 왜 말을 흐려?

- 그렇잖아!

- 그렇긴 뭐가 그래? 말 하나에 목숨 거는 네가 너무 순진하단 생각은 안 드니?

- 아니, 지키지 못할 말을 왜 하냐고! 난 한국 사람 빈말하는 거 정말 이해 안 가.

여기서 내가 한국의 빈말 문화를 EBS 다큐멘터리처럼 차근차근 설명할 수 있다면 좋겠지만 그 상황에 난 그렇게 우아하고 싶은 마음이 없었다. 수십 번 반복되는 레퍼토리가 지겨워서 나는 치사하게 옛날

일을 들먹이며 "그러는 넌?" 하고 덤비는 찌질이처럼 말했다.

- 그래, 네 똥 굵다. 그러는 니들 더치(네덜란드인)는 어떻고?

- 더치가 뭐?

- 할 말 못 할 말 구분 못하고 나오는 대로 지껄이는 더치보다야 기분 좋게 해주려고 노력하는 한국인이 훨씬 낫지, 안 그래? 니들은 무례하잖아. 솔직함? 놀고 있네. 말이 좋아 솔직함이지, 그건 솔직함으로 포장한 무례야. 네 친구가 날 만나자마자 내 작은 키 가지고 뭐라 했던 거 기억나? 말 한마디를 해도 '아' 다르고 '어' 다른 법인데, 어쩜 그리 남 생각 안 하고 지 꼴리는 대로 말하냐? 그거 진짜 이기적인 거야. 어쩔 땐 다정한 빈말이 더 좋은 법이라고. 배려 좀 해, 배려 좀! 난 네덜란드 직설 화법 정말 이해 안 가!

그는 아무 말도 하지 않았다. 나는 마치 필라델피아 박물관 계단 꼭대기에서 두 팔을 번쩍 들어 올린 록키처럼 승리감에 쩔었지만 이내 기분이 싸해지고 풀이 죽었다. 유치해도 너무 유치하지 않은가! 문화의 차이일 뿐 옳고 그름이 없다는 걸 알면서 뭘 이렇게까지 일반화하며 생채기를 내는지…. 침묵이 흘렀고 우린 부끄러움과 멋쩍음에 입맛만 다시며 눈치만 봤다. 난 슬쩍 말했다.

- 정 그러면 제대로 물어봐. 사긴 살 거냐고. 뒤에서 궁시렁거리지 말고.

- 싫어. 내가 구걸하는 것도 아니고.

- 하아… 배고프다. 저녁 뭐 먹을까?

난 서둘러 부엌으로 갔다.

모스크바(Moscow)의 성 바실리(Saint Basil's) 성당 앞에서 카밀과 나, 2011

같은 언어를 쓰더라도 상대의 성격과 성향에 따라 화법이 다른 법인데, 다른 언어, 다른 문화를 토대로 한 대화는 어떻겠는가. 냄비 속 브로콜리 수프를 저으며 아마 우린 평생 서로의 문화를 이해하지 못하고 살지도 모르겠다고 생각했다. 아니, 이해하더라도 결코 익숙해지지 않을 거라고. 카밀에게 한국인은 못 믿을 사람으로, 내게 네덜란드인은 예의 없는 사람으로 남겠지. 계속 서로의 문화를 불평하고, 동시에 자신의 문화를 변호하며 차오르는 국뽕에 젖어 살겠지. 갑자기 내게 등을 돌리고 있는 카밀이 한없이 먼 이방인으로 느껴졌다. 난 과연 그의 말을 백 퍼센트 이해할 수 있을까? 앞으로 내가 이 나라에서 애쓸 모든 노력에도 불구하고 카밀이 한국에서 관계를 지속한 한국인이 없었던 것처럼 나도 그렇게 되지 않을까? 문득 카밀과 내가 한국어도 네덜란드어도 아닌 영어로 소통해서 다행이라 생각했다. 서로의 언어를 완벽히 모르는 이상 제2 외국어가 나을지도 모르겠다고.

천만다행으로 우리의 입은 말하기가 아닌 먹기용으로도 쓸 수 있다. 우리 사이에 놓인 '화법'이란 얇은 벽 너머에 있는 그를 불렀다. 따끈한 브로콜리 수프가 완성되었으니 빨리 밥 먹자고. "밥 한번 먹자"란 빈말이 아닌, 진짜로 밥 먹자고. 화법이고 뭐고, 우선 배부터 채우자고.

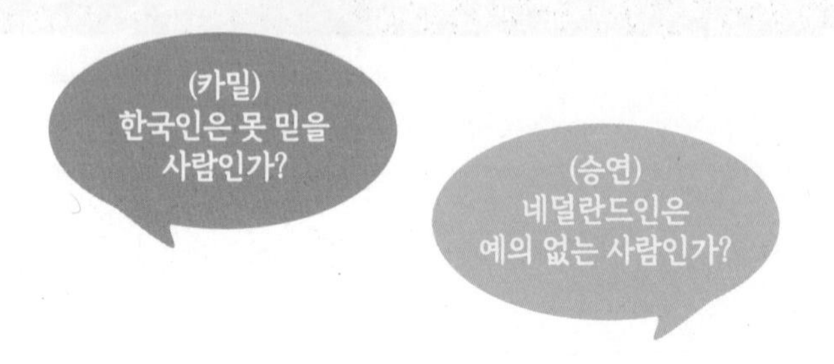

과연 난 그를 백 퍼센트 이해할 수 있을까?
포르투갈에서, 2014

내가 사는 곳을 사랑하는 방법

포르투갈의 수도 리스본은 정말 예쁘다. 명색이 글 쓴답시고 똥폼 잡는 내가 그저 '예뻐요' 정도의 형용사로 밋밋하게 표현해서 창피하지만 어떤 단어를 써야 리스본의 아름다움을 적확하게 표현할 수 있을지 모르겠다. 솔직히 난 어떤 도시를 찬양하는 글을 볼 때마다 '도시가 다 거기서 거기지, 왜 이리 호들갑이야?'라며 시큰둥해했다. 나름의 문제가 있을 텐데, 단편적으로 보며 찬양하는 태도는 유치하다고 생각했다. 하지만 리스본은 그런 내 오만함을 단죄하듯 조용하고 당당하게 그 모습을 뽐냈다. 바다 같은 테주(Tejo) 강을 비추는 찬란한 햇빛과 (정말 빛이 다르다!) 그 빛을 반사하는 푸른 아줄레주(Azulejo) 타일, 100년 전인지 지금인지 모를 좁은 골목과 그 리듬 그대로 살아가는 사람들, 그리고 그 사이를 가르는 트램… 처음 리스본에 도착했을 때, 마치 심연에서 아틀란티스를 발견한 잠수부가 산소통의 공기가 닳아가는 줄도 모르고 유영하듯, 구시가지의 미로 속에서 길을 잃어도 그저 좋아라 헤헤거리며 걷고 또 걸었다.

그런데 참 신기하다. 제아무리 매력적인 도시라도 여행자가 아닌 현지인으로 살면 그 도시에 게을러지고 거만해진다. 그 도시가 무한할 거라 착각하고 영원히 반겨줄 거라 믿으며 당연시한다. 사람이 모이는 곳은 '거긴 관광객이나 가는 곳이야' 하며 안 가고 관광객을 자기 구역에 불쑥 침범한 '이방인' 취급하며 거만한 현지인 허세를 부린다. 나도 그랬다. 뉴욕 시절, 자유의 여신상에는 갈 생각을 안 했고, 엠파이어 스테이트 빌딩은 딱 한 번 갔다. 베를린에서 살 때 모든 관광객이 가는 국회의사당은 지나가기만 했고, 이스탄불에서 살 때 그 유명한 소피아 성당은 딱 한 번 갔다. 대신 내 생활 반경에서 일상을 만드는 걸 우선시했다. 항상 가는 커피숍, 항상 가는 벼룩시장, 항상 가는 공원 등, 나만의 일상이 있는 나만의 뉴욕, 나만의 베를린, 나만의 이스탄불을 만드는데 급했고, 그게 제대로 '사는' 거라 생각했다. 아니, '쿨'하다고 생각했다. 지금 생각하면 참 재수 없는 허세였다. 떠날 때가 되어서야 허겁지겁 '가야 할 곳 리스트'를 만드는 버릇은 쉽게 고쳐지지 않았다. 리스트는 단숨에 몇 페이지가 넘어갔고 언제나 그렇듯 시간은 부족했다.

리스본에서는 같은 실수를 반복하고 싶지 않았다. 안구에 박힌 듯 익숙해져버린, 그래서 시큰둥해진 리스본을 다시 느끼고 싶었다. 16세기 대항해시대 때 최고의 영화를 누렸지만 망했고, 대지진과 화재로 도시의 3분의 2가 파괴됐고, 40년간 지속된 독재에 대항하여 혁명을 일으켰던 굴곡의 역사를 곱씹으며 말이다. 포르투갈의 민요 파두(Fado)는 그 파란만장 역사를 절절히 표현하는데, 그중 '검은 돛배

(Barco Negro)'란 노래의 가사는 이렇다.

> 당신이 탄 검은 돛배는 밝은 불빛 속에서 너울거리고
> 당신의 두 팔은 지쳐서 흔들거리는 듯했어요
> 당신이 그 뱃전에서 나에게 손짓하더군요
> 그러나 바닷가 노인들이 말했어요
> 당신은 영영 돌아오지 않을 거라고요.

이 노래를 들으면 그 옛날 대항해시대 때 바다 건너 아프리카로, 인도로, 급기야 동아시아라는 먼 미지의 세계로 떠난 이들의 두려움과 고향을 향한 그리움이 그대로 전달된다. 떠난 이를 하염없이 기다리는 자의 심정도. 우리나라의 '한'과도 비슷한 그 특유의 애잔한 정서를 '사우다드(Saudade)'라고 부른다. 그 사우다드를 그리고 싶어졌다. 그리고 가방 깊이 박혀 있던 마카와 색연필을 꺼냈다. 사실 난 여행하면서 계속 그릴 기회를 노리고 있었다. 짐 되는 걸 왜 그리 가지고 다니냐는 카밀의 핀잔을 무시하며 꾸역꾸역 마카와 색연필을 배낭 속에 넣었다. 하지만 쉽지 않았다. 여행에 치이고 생활에 치여 도구들은 계속 배낭 깊은 곳에 박혀 빛을 보지 못했다. 그런 내게 리스본은 더 늦으면 안 된다고, 이렇게 매력적인 나를 지금 그리지 않으면 나중에 후회할 거라고 호통쳤다. 맞다. 내 기억은 그저 도망갈 궁리만 하는 천방지축 반항아와 같아서, 야반도주하기 전에 그 모습을 잡아 놓지 않으면 크게 후회할 게 분명했다.

알파마(Alfama), 리스본, Drawing by 옐로우덕, 2018

조르주(St. Jorge) 성에서 바라본 리스본 풍경. Drawing by 옐로우덕, 2018

여행을 기억하는 방식엔 여러 가지가 있다. 카메라 셔터를 누르고, 카페에 앉아 커피를 마신 후 받은 영수증 뒷장에 그때의 감정을 끄적이고, 장소를 대표하는 소품을 모으고, 하얀 스케치북에 어설프지만 진실한 선으로 풍경을 담는다. 관광객과 여행자의 차이가 여기에 있다. 그 장소를 마음에 담고자 하는 방식과 노력의 차이. '나 여기 왔다!'란 과시의 도구가 아닌, 그 장소를 향한 진심 어린 애정. 여행자의 특권은 '이방인'이란 위치를 오롯이 즐길 수 있다는 거다. 장소가 품은 지독한 현실의 그림자를 요리조리 피하며 그 어떤 책임도 없이 새로운 풍경이 주는 즐거움에 취할 수 있으니까. 동화되지 않은 자기 모습을 객관화하며 짜릿함을 즐길 수 있다. 영국 가수 스팅(Sting)은 노래 '잉글리시맨 인 뉴욕(Englishman in New York)'에서 뉴욕 한복판에 있어도 영국인처럼 지팡이를 짚고 커피 대신 차를 마시고 토스트는 한쪽만 구워달라고 했다. 뉴욕을 최대한 즐기면서도 당당하게 '난 합법적인 이방인(I'm a legal alien)'이라고 말했다. '누가 뭐라고 하든 당신 자신이 되세요. (Be yourself, no matter what they say)'라고 말하는 태도는 떠날 수 있어서 가능하다. 여행자에게 있어 최고의 권력은 바로 '떠남'이다. 내가 흰 도화지 위에 선을 긋기 시작한 건 아마도 그 권력이 부러워서였을 거다. 쓸데없는 현지인 심술 뒤에 있던 본 모습은 질투였다.

'똑'하고 열리는 마카 뚜껑 소리의 청량함을 느끼며 리스본을 그릴 때마다 리스본은 점점 내 도시가 되었다. 그동안의 무심함에 대한 죄책감은 왜 진작 안 했냐고 스스로 주는 꿀밤으로 덜어냈다. 애 한 번

재우는데 진 다 빼는 애 엄마인 동시에 매너리즘에 빠진 장기 노마드였던 날 움직이게 했으니 리스본은 정말 큰일을 한 거다.

지금 사는 네덜란드의 작은 도시 덴 보스도 예쁘다. 아직 리스본만큼의 아름다움은 찾지 못했지만 분명 다른 성격의 사우다드를 조용히 품고 있다. 어느 정도 살았답시고 슬슬 현지인 허세가 고개를 든다. 이제 그 허세를 누르고 이 도시를 진정 내 도시로 만들 차례다. 한 장 한 장 매캐한 마카 향을 품은 그림이 쌓일 때마다 덴 보스는 내 것이 될 것이다.

매일 비가 내리지만 (이놈의 빌어먹을 비!) 구린 날씨도 날 막을 순 없다. 먹이를 찾는 헌터의 마음으로 도시 탐험을 나가야겠다. 난 계속 도시를 그리고 싶다. 여행하며 찍은 도시 사진에서 마음에 드는 사진을 찾아 그릴 때, 그때의 감성으로 돌아가 여행자로서 즐겼던 흥분을 느끼고 싶다. 여행자의 권력을 다시 쥐게 될 그날을 기다린다.

이제 덴 보스를 내 도시로 만들 차례다.

마성의 대한민국

카밀의 고향인 네덜란드에 대한 첫인상은 그리 긍정적이지 않았다. 사람들은 풍차, 튤립, 운하, 그리고 주먹으로 댐의 구멍을 막아 마을을 살리고 하늘나라로 간 용감한 소년 이야기를 떠올리며 (이 얘기는 사실이 아니다) 네덜란드를 살기 좋고 아름다운 복지 국가라고 말한다. 또 영화 〈헤롤드와 쿠마(Harold and Kumar Go to White Castle)〉에서 묘사된 것처럼 마약과 매춘이 허락되는 개방적이고 진보적인 나라라고 생각한다. 하지만 언덕을 산이라 우기는 평평한 땅과 그림엽서처럼 예쁘지만 지루한 풍경, 우울한 날씨, 세계 3대 상인의 명성에 맞는 인색함과 건조함, 차별인지도 모르고 행하는 무지의 인종 차별 등 짧은 기간 방문할 때마다 겪은 일련의 경험들은 내게 이 나라를 '꽉 막히고 지루한 나라'로 만들어버렸다. 물론 카밀의 영향도 있다. "네덜란드는 70~80년대에 만들어진 이미지로 먹고산다"며 냉소적으로 말하곤 했으니까.

그랬던 네덜란드에서 처음으로 장기간 지낼 기회가 생겼다. 2014

년, 여행 가신 시부모님의 집을 봐드리며 한 달 반을 지낸 거다. 좋지 않던 이미지가 '실제로 살아보니 그렇게 나쁘지는 않네'로 변해갈 즈음 말레이시아 항공기 격추 사고가 났다. 전시 상황이었던 우크라이나 상공에서 반정부군이 쏜 미사일에 의해 격추당한 사건이었다.

승객과 승무원 전원이 사망했고, 암스테르담과 쿠알라룸푸르 구간이었기 때문에 총 298명의 희생자 중 193명, 즉 2/3가 네덜란드인이었다. 티브이에선 종일 사건 관련 방송을 했고 희생자 전원의 이름과 출신 지역이 신문에 올랐다. 카밀은 나라가 워낙 작아 두세 사람만 건너면 다 안다며 꼼꼼히 한 명 한 명 이름을 읽었다. 네덜란드 정부는 러시아를 상대로 외교를 했고 시신이 돌아온 날을 1962년 여왕의 서거 이후 처음으로 '국가 애도의 날'로 정했다. (네덜란드는 입헌군주국이다)

사고가 난 지 6일 후, 군용기를 타고 시신이 돌아왔다. 그 모습이 티브이로 생중계되었다. 수습된 시신 중 1차로 도착한 40구를 국왕 내외와 총리가 직접 맞이했고, 40개의 관이 군인들에 의해 천천히 운구차로 옮겨졌다. 운구차 40대가 지나가는 100km 거리의 고속도로는 전면 통제됐고 전국에 조기가 게양됐으며 군용기 도착에 맞춰 전국의 교회에서 5분간 추모 종이 울렸다.

그 모습을 지켜보며 슬쩍 카밀에게 물었다.

- 이렇게 국장으로 하는 거, 혹시 반대하는 사람이나 의원은 없었어?

- 아니. 누가 이런 걸 반대해? 왜?

- 아, 아무것도 아냐….

2014년이었다. 공교롭게도 이 사고가 일어나기 몇 달 전에 우리나라에서 일어난 크나큰 비극이 생각나서 물어보지 않을 수 없었다. 사뭇 국민을 대하는 국가의 위엄을 느꼈다. 전후 사정이 어찌 됐든, 그래도 '기다릴' 필요가 없는 자국민이니까. 이역만리 공중에서 어이없이 한순간에 사지가 흩어져버린 억울한 네덜란드 국민이니까. 당연한 것임에도 불구하고 왜 질투 어린 시선으로 그 모든 걸 지켜봐야 했는지. 국가가 국민에게 가져야 할 책임의 범위를 생각하게 되었다.

국가란 무엇일까? 참 어려운 질문이다. 초등학교 때 국가의 3요소라 배운 국민, 영토, 주권이 서로 결을 맞춰 제대로 굴러가는 국가는 과연 세계에서 몇이나 될까? '헬조선'이란 말을 참 싫어했다. 집 떠나면 다 애국자 된다고, 여러 나라를 다녀보니 새삼 우리나라의 힘을 깨달을 수 있었고, 국민 수준 운운하며 우리나라를 비하하는 태도에 알레르기를 일으켰다. 그러던 차에 '촛불'이란 큰 격동이 왔다. 그때 네덜란드에 있었는데, 암스테르담에서 열린 교민 시국 선언 집회에도 참여했고 실시간으로 유튜브를 통해 광화문에서 달아오르는 촛불 파도의 열기도 함께했다. '국가란 무엇인가'를 생각하게 한 네덜란드에서 한때 냉소적이었던 우리나라 국민의 무한한 힘에 환희를 느꼈다. 그리고 그 힘은 한국으로 돌아가자는 결심에 결정적인 역할을 했다.

지금의 대한민국은 그야말로 핫하다. 감당하기 힘든 특종의 연속이다. 쌓여가는 거짓말과 어설픈 해명에 피로가 쌓인다. 날 한국으로 돌아가게 했던 그 힘이 그리워지고 항공기 격추 사건을 대하는 네덜란드의 태도에서 느꼈던 '국가의 위엄'을 다시 떠올린다. 정치적, 지리

암스테르담, Drawing by 옐로우덕, 2020

적으로 매우 다른 상황에 있는 우리나라와 네덜란드를 비교하는 건 어리석지만 그때 내가 느꼈던 묵직한 국가의 힘을 내 조국에서도 느낄 수 있을까? 촛불 집회와 태극기 집회라는 극과 극이 공존하는 대한민국. 세계 최고의 인터넷을 자랑하고 24시간 불이 꺼지지 않는, 한때 문화체육부 홍보 문구였던 '다이나믹 코리아'가 딱 들어맞는 역동의 대한민국. 밖에 있으면 너무 그립지만 안에 있으면 당장에라도 뛰쳐나가고 싶은, 그야말로 마성의 대한민국….

2022년 가을, 팬데믹으로 인해 가지 못했던 한국을 3년 만에 방문했다. 천정부지로 뛰어버린 비행기표 가격에 망설였지만 그 마성을 거부할 수 없어서 과감히 결제 버튼을 눌렀다. 출국일이 다가오자 내 조국 대한민국을 다시 생각했다. 팬데믹 이전에는 대한민국 여권 파워가 세계 2위였다. 5mm의 얇은 녹색 대한민국 여권만 있으면 세상 못 갈 곳이 없었다. 국경에서 여권을 내밀 때마다 대한민국의 힘을 느끼며 으쓱했었다. 미루는 대한민국 여권과 네덜란드 여권을 모두 가지고 있다. 한국어와 네덜란드어를 동시에 쓰며 한국 문화와 네덜란드 문화를 동시에 경험한다. 미루가 옆에 있는 한 난 어쩔 수 없이 '국가란 무엇인가'란 질문을 계속할 것이다. 이 질문이 의미 있는 질문이기를 바라며, 항상 말한다. 미루가 커서 국가라는 개념으로부터 자유롭기를 바라지만 최소한 자신이 태어난 대한민국이란 조국을 부끄러워하지 않았으면 좋겠다고.

클리셰같은 말이지만 더 나은 대한민국을 꿈꾼다. 누구를 지지하든, 오른쪽이든 왼쪽이든, 당신과 내가 같이 만들어가면 좋겠다.

아버지의 노래

어떤 소리에 잠에서 깼다. 시간을 보니 새벽 3시 40분. 아버지구나. 아버지의 굵직한 흥얼거림이 음표가 되어 내 방까지 흘러왔다. 매우 익숙한, 바로 1931년에 발표된 백남석 작사, 현제명 작곡의 8분의 6박자 내림 마장조의 동요, '가을'.

가을이라 가을바람 솔솔 불어오니 / 푸른 잎은 붉은 치마 갈아입고서
남쪽 나라 찾아가는 제비 불러 모아 / 봄이 오면 다시 오라 부탁하노라.

초등학교에서 배우는 전 국민의 동요, '가을'이다. 어머니 말씀으로는 올해 봄부터 종일 반복해서 부르신다는데, 평소에 이 노래를 부르신 적이 없다. 봄부터 불쑥 등장한 이 노래. 왜 이 노래일까? 만약 1937년생이신 아버지께서 어린 시절 검정 고무신 신고 뛰놀며 부른 노래가 이 노래라면, 시간을 거꾸로 돌린다는 치매는 참 성실히 자기 소임을 다하고 있었다. 노래는 어느덧 앓는 소리로 바뀌었다.

- 아이~구야아~~ 아이~구야~~ 아구야~~ .

어찌 된 게 이 소리도 노래 같았다. 오선지로 옮기면 파(아이~)와 도(구야~) 정도? 이 리듬이 반복되자 왠지 사이에 추임새를 넣고 싶었다. 앓는 소리에 얼씨구 절씨구를 넣기엔 부적절하고 라(아이~)나 미(구야~) 정도로 바꿨다. 거실을 사이에 두고 아버지와 내가 각자 다른 멜로디로 돌림 노래를 불렀다. 아이~구야아~~ 아이~구야아~~ 내가 만든 음표도 아버지께 가 닿을까? 그 상황이 웃기면서 처연했다.

팬데믹 이후 처음으로 아이와 함께 한국에 왔다. 3년 만에 보는 한국은 마치 대학교 때 입던 옷을 꺼내 보는 것 같았다. 몸에 대봤으나 안 맞아 처녀 때의 몸을 그리워하는, 익숙한 듯 어색한 그런 심정. 3년 만에 보는 아버지 역시 그랬다. 분명 내 아버지인데 어색했다. 현재 아버지는 치매를 앓고 계신다.

지금까지 '아버지' 하면 생각나는 노래는 요하네스 브람스의 피아노 연탄곡 '헝가리 무곡 5번'이었다. 영화 〈위대한 독재자〉에서 이발사 찰리 채플린이 절묘하게 음악에 맞춰 손님을 면도했던 장면으로 유명한 바로 그 곡 말이다. 젊은 시절 피아니스트로 활동하던 브람스가 헝가리 출신 바이올리니스트 레메니와 연주 여행을 하며 접한 헝가리 음악에 영감을 받아 만든 곡이다. 1868년을 시작으로 네 차례에 걸쳐 총 21곡의 '헝가리 무곡집'을 발표했는데 그 중 집시 느낌의 5번이 가장 유명하다.

혹시 궁금하시면 클릭!

https://www.youtube.com/watch?v=H19jByxrqlw&feature=youtu.be

어머니의 전언에 의하면, 아버지는 40세 되던 해에 느닷없이 "60살에 런던 필하모닉과 협연하겠다!"고 장담하며 바이올린을 배우기 시작했다. 초보에게 이 어려운 곡을 준 선생님의 진의는 알 수 없지만 어쨌든 아버지가 받아 든 첫 악보가 이 곡이었는데, 사업가로서 스케줄이 워낙 불규칙하다 보니 충실히 레슨을 받을 수 없었고 결국 2년 만에 포기했다고 한다. 바이올린을 연주하시는 모습은 본 적이 없지만 종종 피아노로 기본 멜로디인 '레-솔-시(#)-솔-파(#), 솔-시(#)-솔'을 두들기거나 콧노래를 흥얼거리시던 모습은 각인되어 있다.

60살에 런던 필하모닉과 협연이라니, 지나치게 호기로운 농담이 너무 아버지다워서 헛웃음이 나는데, 그래도 당신 성격에 2년을 버티신 걸 보면 농담치곤 꽤 진지하셨던 것 같다. 딱 봐도 '작은 고추가 맵다'는 인상을 풍기는 아버지는 괴짜셨다. 천재라고 불렸고 술과 담배를 즐겼으며 규칙성과는 거리가 멀었다. 전구 한 번 안 갈고 부엌엔 발 들인 적 없는, 집안일엔 무관심한 경상도 사나이. 엉뚱하고, 호탕하고, 유머러스한 그는 친구 사이에서 인기가 많아, 우리 집과 사무실은 항상 아버지 친구분들로 붐볐다. 거의 매일 밤 서재에서 시끌벅적 마작을 두시던 아버지와 술상을 나르시던 어머니의 모습이 선명하다. 가세가 기운 후엔 달라졌지만 그래도 근본적인 성격은 달라지지 않았다.

이제 내가 알던 아버지와는 정반대인 쭈그러진 아버지를 본다. 아버지를 알지만 모르는 이방인으로 만든 세월과 치매를 야속해하며 나와 아버지의 관계를 생각한다. 과연 난 그를 얼마나 알고 있을까? 성인이 된 후 그와 술잔을 기울이며 진지한 인생 토론을 한 적이, 하다못해 둘이 외식이라도 한 적이 있던가? 그는 그의 인생을, 나는 내 인생을 사느라 바빴다. 그래서인지 아버지에 대한 내 정서는 어린 시절 피아노 치던 내 옆에 앉아 오른손 검지 손가락 끝으로 헝가리 무곡을 뚱땅거리던 그때의 모습에서 멈춘 듯하다. 어찌 보면 우리 부녀는 지극히 전형적인 한국의 '아버지와 자식' 관계일지도 모르겠다. 서로를 향한 사랑은 알면서도 제대로 표현하지 못해 뻘쭘한 그런 관계. 주고받는 소주잔에 깊어가는 부녀 관계를 만들기엔 너무 늦은 지금, 나는 여전히 그를 모른다.

치매는 80퍼센트 이상이 평소 습관에서 나오는 습관병이다. 젊었을 때부터 규칙적으로 건강한 생활 습관, 식습관, 긍정적인 생활 태도 및 꾸준한 운동을 유지하면 치매에 걸리는 걸 예방할 수 있다고 한다. 자타공인 아버지 판박이인 난 괜히 긴장된다. 지금까지 그와 별반 다를 바 없이 이른바 '꼴리는' 대로 살던 내가 그의 나이가 되었을 때 과연 어떤 모습을 하고 있을까? 몸이 예전 같지 않다고, 노안이 왔다고 투덜대는 나이가 된 지금, 새삼 아버지에게서 그 누구도 아닌 내 모습을 본다.

이제 내게 아버지의 노래는 '헝가리 무곡 5번'이 아닌, 동요 '가을'과 '아이구야' 앓는 소리가 될 것 같다. 아버지의 노래를 더 알고 싶다. 그가 학창 시절 캠퍼스에서 동기들과 어깨동무하며 부른 노래는 무엇일까? 사업가로서 겪는 고충을 달랬던 노래는? 당시로선 늦은 나이인 35세에 본 첫 딸을 안고서 흥얼거린 노래는?

어머니와 둘이 계시던 단조롭고 지루한 일상에 3년 만에 등장한 당신의 딸과 손녀가 자극되었는지, 닫혔던 입이 열리고 누워만 있던 몸

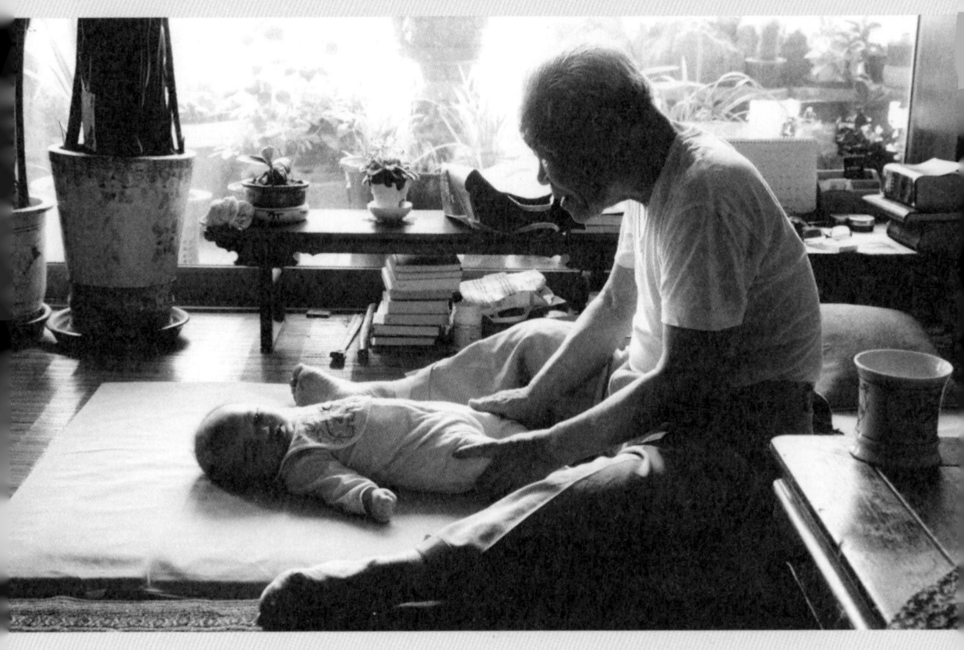

환상의 콤비였던 미루와 아버지, 2013

이 일어나고 굳은 표정이 변했다. 보석처럼 빛나는 아이의 존재는 질주하는 치매의 목덜미를 잡았다. 가을이라 가을바람, 솔솔 불어와서 붉은 치마로 갈아입은 푸른 잎들이 다 떨어져버린 초겨울의 어느 날, 애교 많은 아이가 외할아버지 앞에서 온갖 재롱을 부렸다. 천성이 연극적인 아이는 매일 듣는 외할아버지의 앓는 소리를 자기 나름대로 변주해 무대에 선 오페라 가수처럼 두 팔 벌려 목젖이 보일세라 목청 높여 불렀다.

- 아이이이~ 구우~~ 야아아아아아~~~

그 모습에 아버지가 고개를 젖히고 껄껄 웃으셨다. 어머니는 아버지가 근래에 이렇게 웃으신 적이 없다며 신기해하셨다. 크게 웃는 아버지의 얼굴에서 문득 천상병 시인의 얼굴이 겹쳐졌다. 걱정 하나 없이 해맑게 웃던 시인의 얼굴이. 언젠가 아버지가 가실 하늘길이 천상병 시인이 그의 시 '귀천'에서 가신 소풍 길이면 좋겠다.

그때 아버지는 '헝가리 무곡 5번'을 부를까, '가을'을 부를까? 여전히 내가 모르는 그의 인생은 충분히 아름다운 소풍이었을 것이기에, 어느 노래든 다 어울릴 것이다.

p.s. 정정할 것이 있다. 후에 아버지는 치매가 아닌 '수두증'을 앓고 계신다고 밝혀졌다.
증상은 치매와 같으나 결코 치매는 아니라고 의사가 매우 강조하셨다고 한다.
치매는 아닐지라도, 여전히 난 아버지에게서 내 모습을 본다.

한국은 예술이다

아이와 내가 한국에 도착한 첫날 밤, 한국의 밤 풍경을 보며 만 9살 아이는 말했다.

- 엄마, 내가 말했지? 여긴 낮보다 밤이 더 예뻐!

아이의 눈에 한국의 밤은 아름다운 풍경화였다. 아이는 유독 밤에 빛나는 네온사인에 반응했다. 사람들은 무지막지한 고딕 폰트가 날 좀 보소 건물 전체를 휘감고 중구난방 퍼레이드를 벌이는 네온 간판을 흉물스럽다 말하지만, 아이는 경이로운 눈으로 손뼉 치며 좋아했다. ○○성형외과니, ○○보습 학원이니, 글자가 품은 뜻에 빠지지 않고 그저 구불구불 네온 파이프를 따라 형형색색 빛나는 화학 작용과 곡선이 만드는 조형미에 반응했다.

어린 시절, 범국가적으로 88올림픽 준비에 매진할 즈음 봤던 뉴스 하나가 떠올랐다. 간판 공해가 심각하다고, 이른바 '난잡하고 무질서한 간판 배치 때문에 느끼는 정신적 피로감과 피해'가 크다고. 올림픽 후 몇십 년이 지났지만, 간판은 여전히 건물을 잡아먹는다. 그런 간판을 "이래서 한국이 멋져!"라며 예술로 생각하는 아이가 있다. 세대의 간극은 이렇게 어이없게 봉합되기도 한다. 아이는 광화문이 너무 예쁘다며 세종문화회관 벽을 때리는 영상물을 배경으로 전위적인 춤을 췄다. 건너편 KT 건물에 드리워진 이순신 동상의 그림자도 그 예술에 동참했다. 불빛과 그림자가 예술인 나라 대한민국.

혹시 궁금하시면 클릭!

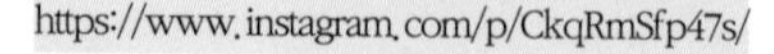
https://www.instagram.com/p/CkqRmSfp47s/

3년 만에 가는 한국에서 반드시 해야 할 일들을 적었다. 두말할 필요 없이 병원 방문이 1등이었다. 해외체류자에게 대한민국 병원은 그야말로 구원의 손길이다. 세상에, 약속 없이 바로 가서 접수하고, 5분 만에 진료받고, 바로 옆 방에서 엑스레이 찍고, 또 5분 만에 결과를 보고 처방받을 수 있는 나라가 전 세계에서 몇이나 있으랴! 대형 병원은 다르겠지만, 최소 동네 병원은 환자의 의지대로 언제든지 골라서 갈 수 있다. 무릎이 결려? 정형외과로 가면 되지. 눈이 침침해? 안과로 가면 되지. 한국에서 당연시되는 이 사실은 어떤 증상이든 주치의(!)를 먼저 거쳐야 하고, 그런 주치의와 약속 잡는 것도 명상으로 마음을 다스려야 할 만큼 어려운 유럽과 비교하면 가히 '예술'의 경지라고 할 수 있다. 과잉 진료, 특정 의학과 쏠림 등 여러 문제가 있지만 접근성 만큼은 예술인 나라 대한민국.

읽고 싶었으나 전자책으로 나오지 않아 아쉬웠던, 내게 종이 넘기는 즐거움을 선사할 책들을 인터넷으로 주문했다. 장바구니에 넣은 책은 산더미였지만 네덜란드로 가져갈 거라 신중하게 골랐다. 짐 많은 건 질색이니까. 월드컵을 치르듯 예선을 통과한 책들이 한 단계씩 대진표 위로 올라갔다. 영광의 주인공들은 최민석 작가의 《베를린 일기》, 배윤민정 작가의 《아내라는 이상한 존재》, 이슬아 작가의 《가녀장의 시대》, 그리고 내 책 《노마드 베이비 미루》였다. 난 기개 있게 '결제하기' 버튼을 눌렀다. 이틀 후 현관문 앞에 책이 담긴 상자 하나가 다소곳이 앉아 있었다. 요즘은 네덜란드도 배송이 잘 이루어지지만, 감히 배달민족의 디테일을 따라잡진 못한다. 부록으로 예스24의 잡지, 〈채널 예스〉 및 여러 가지가 들어 있었다. 오랜만에 공짜의 즐거움을 느끼며 택배 기사 분의 노고에 감사했다. 그리고 그들의 노동환경이 나아지길 바랐다. 배송과 공짜가 예술인 나라 대한민국.

서울로 가기 위해 신분당선 역으로 갔다. 전광판 위의 꼬마 전철이 내가 있는 역으로 열심히 달려왔다. 그런 디테일이 마음에 들었다. 전철 안 사람들은 모두 휴대폰을 보고 있었다. 그들이 보는 건 유튜브일까, 인스타일까, 페북일까, 웹툰일까, 카카오톡일까, 포털 뉴스일까? 괜한 심술에 독야청청 가방에서 책을 꺼냈다. 자신이 경험한 이혼을 바탕으로 대한민국에서 페미니스트 여성으로 사는 현실을 보여준 배윤민정 작가의 《아내라는 이상한 존재》였다. 공감과 동시에 고개도 갸웃했지만, 한없이 질문하는 작가의 태도가 나를 자극했다. 고개를 드니 벌써 목적지. 서핑하듯 자연스럽게 사람의 물결을 타고 2호선으로 환승했다. 각각의 휴대폰 화면에 무엇이 떠 있는지 궁금증을 자극하는, IT가 예술인 나라 대한민국.

초등학교 동창 모임에 가기 위해 2호선을 타고 당산철교를 지나는데, 창문을 뚫고 들어오는 햇살이 눈을 찌르며 시야를 가렸다. 토끼처럼 눈을 비비고 동공이 제자리를 찾을 즈음 바라본 창밖의 한강 풍경은 무척이나 예뻤다. 새삼 서울이 따스하게 느껴졌다. 나이 50에 만나는 초등 동창들의 유치함과 철없음은 그저 정겨웠다. 네 얼굴 보려고 일부러 나온 거라며 생색내는 한 친구가 말했다.

- 이제 보고 싶은 친구 보는 것보다 꼴 보기 싫은 친구 안 보는 게 더 중요한 나이가 된 거야.

나이 듦의 웃픔(웃기고 슬픔)을 적확한 언어로 일갈한 초등 친구의 넉살이 예술인 나라 대한민국.

아이의 조막만했던 발자국이 알알이 박혀 있는 서울 마포구 망원동에 갔다. 아이가 어린이집 하원 후 매일 출근 도장을 찍던, 빨간 벽돌 연립 주택으로 둘러싸인 옹달샘 놀이터에서 그네를 타는데 한 남성이 "어!" 하며 아이를 알아봤다. 예전 어린이집에 같이 다녔던 친구의 아버지였다. 반갑게 인사하고 서로의 근황을 물으며 이곳에서 뛰놀던 아이들의 모습을 좇았다.

오랫동안 세상을 떠돌며 내린 결론은 '내가 뭘 하느냐에 달렸을 뿐 장소는 중요하지 않다'였다. 하지만 이젠 꼭 그렇지도 않다는 걸 안다. 장소는 중요하고, 그곳에서 생성되는 관계는 더 중요하다.

어쩌다 네덜란드의 작은 도시에서 산 지도 2년 반이 되었다. 그동안 나는 그곳에서 어떤 관계를 만들었을까? 아이는 같이 놀자고 벨을 누르면 "엄마! 놀고 올게!" 하며 뒤도 안 돌아보고 나가는 단짝 친구가

망원동, Drawing by 옐로우덕, 2019

있는데 말이다. 옛 친구와 술래잡기하며 놀이터를 점령한 아이의 모습에서 '동네'란 단어의 아련함을 느꼈다.

네덜란드 동네도 마찬가지일까? 가수 김현철의 노래처럼 '내 모든 잘못을 다 감싸준' 동네의 노스탤지어가 예술인 나라 대한민국.

다녀온 후, 고약한 시차에 시달렸다. 시간을 역행해서인지 강도가 더했다. 설상가상 네덜란드의 겨울 날씨는 자신의 본분을 잊지 않고 도착한 날부터 비를 선사했다.

자연스레 새벽에 눈을 떴다. 여기가 한국인지 네덜란드인지 불확실한 시공간을 유영했다. 여기에도 저기에도 그 어느 곳에도 있지 않은, 붕 뜬 구름으로 지낸 지가 며칠 째인가. 몇 시인지 보기 위해 휴대폰을 여니, 마침 어머니께서 카톡으로 사진을 보내주셨다. 단풍의 불꽃놀이로 가득한 덕수궁의 모습이었다. 찬란하고 시리게 발광하는 노랑과 빨강의 행렬이 그야말로 예술이었다. 화면을 뚫고 나올 것 같은 단풍의 선명함은, 막 깨어나는 해를 짓누르는 창밖의 빗줄기와 극악한 대조를 이뤘다. 나는 검지 손가락으로 오른쪽에서 왼쪽으로 휴대폰 화면을 가르며 미소 지었다.

그리하여, 5시 20분의 어느 금요일 새벽, 네덜란드 한구석에서 잠 못 이루며 뒤척이는 내게, 어머니의 정성스러운 클릭으로 인해 멀고도 가까운, 내 나라이면서도 아닌 대한민국은 여전히 예술로 남았다.

아름다운 추락

자주 열어보는 동영상이 있다. 무대 위에 제작된 계단으로 한 남자가 올라가다가 추락하지만 밑에 있는 트램펄린에 바운스 되어 올라오기를 반복하는 영상. 아련하게 흐르는 드뷔시의 피아노곡 '달빛(Clair de Lune)'을 배경으로 남자는 넋을 잃은 듯 정상으로 손을 뻗으며 올라가다가 계단 위에서 몸을 내던진다. 속절없어 보이지만 트램펄린이 거기 있는 걸 알기에 자신 있게 뛰어드는 오뚝이 같기도 한 그의 모습은 흑백 화면과 조화를 이루며 추락도 아름답다는 걸 보여준다. 얼핏 의미 없어 보이는 이 행동을 계속하는 이 남자는 프랑스 출신의 41세 안무가이자 댄서인 요안 부르주아(Yoann Bourgeois)다. 작품뿐 아니라 애플 에어팟과 의류 브랜드 갭(Gap) 광고 및 최근 팝가수 해리 스타일스(Harry Styles)의 노래 'As It Was' 뮤직비디오를 통해서도 잘 알려진, 이른바 요즘 가장 '핫'한 아티스트다.

그는 '중력을 가지고 노는 남자'란 별명을 가지고 있는데, 이 동영상에서 트램펄린을 이용했던 것처럼 턴테이블, 추, 시소 등을 활용해 중력을 표현하고 이를 통해 인간의 삶과 관계를 미학적으로 표현한다.

서커스 학교를 졸업한 뒤 프랑스 국립서커스예술센터에서 서커스 전문 교육을 받았고 국립현대무용센터에서 현대무용을 전공했다. 그래서인지 그의 작품은 서커스인 듯 현대무용인 듯 혹은 연극인 듯, 어떤 장르로 명확히 정의하기가 어려운데, 2022년 초겨울에 내가 친구와 함께 창간한 〈장르불문〉이라는 문예 웹진의 이름과 딱 맞아떨어지는 아티스트라 하겠다. 무용계의 '장르불문'이랄까?

혹시 궁금하시면 클릭!
https://www.youtube.com/watch?v=SFRiHQ-Lwzk&feature=youtu.be

〈장르불문〉을 창간하기 전, 러시아 - 우크라이나 전쟁으로 인해 천정부지로 오른 한국행 티켓을 눈 꼭 감고 예매한 후, 나는 그동안 '이방인'이란 주제로 썼던 글들을 정리하여 여러 출판사에 투고했다. 한 달 반 정도의 시간을 두고 투고하면 분명 어느 한 곳과 계약이 성사되어 한국에 갔을 때 관계자와 직접 만나 멋들어지게 계약서에 사인할 수 있을 거란 심산에서였다. 근 57개에 달하는 출판사에 출간기획서와 초고를 보냈다. 난 호언장담했다. 이 재밌는 글을 누가 마다해? 설마 한 곳 정도는 반응을 보이겠지. 하지만 얼레? 짚어도 단단히 헛다리 짚었으니, 하루 이틀 사흘 나흘 차곡차곡 거절 메일이 쌓여갔다. 총 19개의 거절 메일을 받았고, 19곳은 아예 메일을 열지도 않았으며 나머지는 묵묵부답이었다. 보기 좋게 다 '까였다!' 시간이 흘러 한국 방문을 마치고 네덜란드로 돌아온 후에도 출판사와 화상 통화라도 할 가능성은 없어 보였다.

이럴 수가! 진정 세상은 날 알아주지 않는 것인가?! 창문을 때리는 빗줄기 하나하나가 내게 말하는 것 같았다. '책 안 읽는 사람은 빛의 속도로 늘어가지만, 너처럼 글 쓴다는 사람은 천지삐까리야. 게다가 잘 쓰는 사람은 밤하늘에 은하수라고! 어딜 감히 까불고 그래!'

난 결심했다. 20번째 거절 메일을 받을 때 이번 글의 투고를 멈추겠다고. 이만큼 거절 받을 정도면 '이방인'이란 주제의 내 글은 안 먹힌다는 뜻일 테니. 아이러니하게도 20번째 받은 메일로 이 책의 출간이 성사됐다.

앞서 말한 동영상을 눈물까지 흘리며 자주 꺼내 보는 이유가 이거였다. 드뷔시 서거 100주년을 기념해 워너 클래식과 협업한 이 퍼포먼스에서 추락과 바운스를 반복하는 요안 부르주아를 보며 난 '세상사 다 그런 거지' 라는 알 수 없는 슬픔과 자조, 그리고 위로를 동시에 느꼈다. 그리고 나도 그처럼 다시 튀어 오를 수 있다고 느꼈다. 추락해도 너무 우아하게 추락하는, 튀어 올라도 너무 사뿐히 튀어 오르는 그는, 마치 추락을 '실패'와 동일시하지 말라고 말하는 것 같았다. 추락은 결코 추악하지 않으며 깃털처럼 다시 튕겨 오를 때 인생의 하이라이트가 있다고 말하는 것 같았다. 오르고 올라도 결국 떨어지는 게 인생이니, 계단 끝에서 추락하기 직전 살짝 정지하는 그 찰나의 아름다움을 즐기라고 말하는 것 같았다. 세상의 모든 철학책과 종교서를 단 4분 26초로 끌어안은 이 영상이야말로 제대로 퇴짜 맞은 내게 딱 필요한 예술이었다.

나는 웃긴 글을 쓰고 싶다. 웹진의 공동 발행인 친구가 사적으로 지적했듯 트램펄린을 타다가 아예 하늘로 떠버린 아이 같은 글을 쓰고 싶다. 예전엔 인류사를 뒤흔들 메시지와 한국어의 아름다움을 재확인하는 글을 쓰겠단 욕심이 드글드글했으나, 내가 쓸 수 있는 글과 쓸 수 없는 글을 아는 지금은 살짝 긴장을 풀고 피식 웃을 수 있는, 그러면서도 뒤통수 때리는 글을 쓰고 싶다. 박민규 작가의 소설《삼미 슈퍼스타즈의 마지막 팬클럽》을 읽었을 때 느꼈던 신선함과 충격은 출간된 지 근 20년이 지난 지금도 뚜렷이 기억한다. (비록 후에 표절의 불명예를 안았지만 말이다) 이렇게 오감이 열리는 문체라니! 고작 1.4kg밖에 안 되는 인간의 두뇌에서 어찌 이리 심각함과 동시에 박장대소의 글이 나온단 말인가! 나도 이렇게 쓰고 싶다!

그런데 문득 생각한다. 웃긴 글을 쓰려면 내가 웃긴 사람이어야 하나? 더불어 내 인생도 웃겨야 하나? 난 유세윤처럼 천재적 개그감도 없고 장항준처럼 선천적 입담도 없어서 매번 미처 못한 말이 아쉬워 이불킥 하고, 딱히 한 일도 없는데 벌써 저녁이냐며 투정 부리는 단조로운 생활을 하는데, 단지 쓰고 싶다고 해서 웃긴 글을 쓸 수 있을까? 어떤 훈련을 해야 할까? 비법이 있나 싶지만 결국 내가 직접 부딪치고 느낄 수밖에 없을 것 같다. 즉, 경험이다. 영상이나 책으로 접하는 간접 경험만으로는 결코 채울 수 없는 진짜 경험. 그리하여 이런 원론적인 결론에 이른다. 세상이 내게 뭐라 하든 밖으로 나가 경험하고 행동해야 한다고. 그렇다면 '57개 출판사에 까인' 이번 추락의 경험은 후에 웃긴 글 하나를 쓸 수 있는 훌륭한 에피소드라 할 수 있겠다. 누군가 말했듯 '눈물 닦으면 다 에피소드'니까.

네덜란드로 돌아오기 직전, 글 쓰는 여성의 모임에 갔다. 나름의 사연으로 꾸준히 글을 쓰며 자신을 다져가는 여성들 모임이었다. 서로를 응원하고 보듬는 이들의 연대를 보며 우리 모두 타인에게 이방인이 아닌 트램펄린이 될 수 있다고 생각했다. 왜 이리 쓰려고 안달인지 나도 모른다. 그저 내 안에서 꿈틀대는 창작 욕망이 만들어낸 중력을 따를 뿐. 불발된 투고의 아픔 끝에 이렇게 책 하나를 내놓게 되었다. 또 독특한 개성으로 통통 튀는 세 명의 작가를 만나 〈장르불문〉이란 웹진을 만들었다.

앞으로 만날 모든 예술가가 서로의 트램펄린이 되어 함께 발전하길 바란다. 이제 난 내 추락을 즐길 수 있을 것 같다. 아름다운 추락 후에 바운스 되는 내 도약을 상상하며.

p.s. '문학, 예술, 인물, 환상의 웹진'을 표방하는 문예지 〈장르불문〉은 구독 메일링 서비스다. 2022년 11월에 박호연 작가와 공동 발행인으로 창간하여 8주간 매주 목요일에 가을겨울호를 발송했고, 2023년 4월부터 7주간 봄호를 발송했다. 필진으로 조세인, 이해성, 송한울, 레나, 장윤미, 목수정, 김동조, 수피 작가 등이 참여했다. 2023년 가을호를 준비 중이다.
〈장르불문〉 인스타그램: @genrebulmoon

웹진 〈장르불문〉
창간호 커버

'눈물 닦으면 다 에피소드!'
다시 도약할 거야!
베를린, 2013

해금의 시간

'국악을 배워야겠다'는 생각이 내 머리를 두들겼을 때는 엉뚱하게도 영국 런던의 유서 깊은 글로브(Globe) 극장에서 셰익스피어 연극을 보고 있을 때였다. 덜 알려진 극이었고, 스타일은 현대적이었으나 대사는 고전 영어여서 알아듣기가 어려웠다. 나는 자연스레 공연 자체보다 입석도 마다치 않는 관객과 옛 모습 그대로의 고색창연한 극장이 뿜어내는 아우라에 빠져들었다. 몇백 년 된 고전을 시대의 흐름에 맞춰 보전하는 모습이 사뭇 인상적이었다. "인도를 다 준다고 해도 셰익스피어와 바꾸지 않겠다"던 엘리자베스 1세 여왕의 오만은 이렇게 이어지는 것인가? 그리고는 내가 우리나라 전통극에 대해, 구체적으로는 국악에 대해 얼마나 알고 있냐는 질문과 반성으로 이어졌다. 셰익스피어를 보며 국악을 생각하다니, 내 의식의 흐름의 끝은 어디인가.

국악을 전공한 후배에게 어떤 국악기를 배우면 좋겠냐고 물었다. 그러자 그녀는 지체 없이 말했다.

- 언니에겐 해금이 딱이에요!

그녀는 내게 선생님을 소개해줬고, 거금 40만 원을 들여 해금을 샀다. 그렇게 해금이 내 손에 들어왔다. 런던까지 가서야 알게 된 인연이었다.

해금(奚琴)은 우리나라의 대표적인 전통 찰현(擦絃)악기다. 길이 12cm, 지름 9cm 정도로 된 원통 모양의 울림통에 약 60cm 정도의 긴 기둥(입죽 立竹)이 꽂혀 있다. 줄은 명주실 2개로, 바깥 얇은 줄인 유현과 안쪽 굵은 줄인 중현이 입죽에 달린 줄감개(주아 周兒)에 감겨 있는데, 이 두 줄을 손가락으로 감아 누르고 줄 사이에 말총으로 된 활을 넣어 옆으로 밀고 당기며 연주한다. 다른 국악기에 비해 음역이 넓고 조옮김도 자유로워서 서양 음악도 연주하기 좋다. 순우리말로 '깽깽이' 혹은 '깡깡이'라고 하는데, '깽깽'이란 의성어 특유의 비음이 강하기 때문이다. 종종 중국 악기 얼후와 비교되지만 연주법과 음색, 조율 등이 명확히 다르다.

모든 현악기가 그렇지만 해금은 그중에서도 배우기 꽤 어려운 악기로 통한다. 국악의 기본 음율인 황(黃), 태(太), 중(仲), 임(林), 남(南) - 오선지로 옮기면 미(E), 파#(F#), 라(A), 시(B), 도#(C#) 정도가 되겠다. - 다섯 음의 바른 소리를 내기까지 시간이 오래 걸리고, 음에 맞게 정해진 위치가 있는 게 아니라 줄의 '적당한' 부분을 잡아 음을 찾아야 하므로 음감이 좋아야 한다. 또 악력에 따른 소리의 변화가 크기 때문에 힘을 다루는 감각도 좋아야 한다. 즉 독학이 불가능하다.

국악 및 해금에 대한 지식이 전무한 상태에서 "해금이 딱이다"란 후

우리집 거실에 놓인 내 해금. 난 앞으로 다시 길을 떠나더라도 결코 해금을 놓고 갈 수 없을 것 같다.

배의 말만 믿고 대책 없이 뛰어들었지만, 나는 해금의 작은 울림통이 만들어내는 기묘한 소리에 빠져들었다. '깽깽'은 분명 된소리이건만 어찌 이리 부드럽고 신비로울 수 있단 말인가. 사뿐히 몸을 껴안는 레몬차 향기처럼, 아슬아슬 공중에서 재주 부리는 줄타기꾼처럼, 단 두 개의 줄이 만드는 따뜻하고 고고하며, 애절하고 청명하며, 편안하고 경쾌한 울림은 서양 악기만 접했던 내 지난 시절을 아쉽게 했다. 달빛을 보며 먹을 갈던 우리 선조의 풍류가 이런 것이었구나!

그때가 2008년이니, 근 15년 전이다. 내 왼손이 처음 해금 줄을 잡았을 때부터 멈추지 않고 배웠다면 지금쯤 능숙하게 활을 휘두르며 꽤 그럴싸한 소리를 냈을 터다. 하지만 배운 지 얼마 되지 않아 카밀을 만났고, 한국을 떠나 세상을 떠돌아다녔다. 하여, 해금 맬 자리를 배낭이 꿰차는 바람에 안타깝게도 내 해금은 악기 통에 갇힌 채 오랜 세월 부모님 집에서 늙어가야 했다.

여행 중에도 나는 종종 해금을 생각했다. 바이올린이나 기타를 맨 여행자를 만날 때마다 해금을 들고 여행하는 내 모습을 상상했다. 한국의 전통 악기를 버스킹하며 여행하는 나, 얼마나 멋진가! 색다른 악기의 출현에 사람들의 시선이 모일 것이고, 그건 분명 내 관종 본능을 채워주었을 것이다. 하지만 어쩌겠는가. 무언가를 꾸준히 도모할 수 없는 여행자의 숙명을 받아들일 수밖에.

하지만 이제는 진득하게 배울 수 있다. 한국에서 돌아올 때 과감히 해금을 들고 왔다. 네덜란드에서 국악이라니, 선생님을 찾을 수 있을까 싶었지만 두드리면 열리는 법, 우여곡절 끝에 선생님을 찾았다. 기차 타고 다른 도시로 가야 하지만 이 정도 수고쯤이야. 드디어 받은 레슨에서 백만 년 만에 깨어난 해금은 약속한 세월을 원망할 법도 하건만 앙탈 한 번 부리지 않고 기꺼이 주인에게 몸을 맡겼다. 임시 보호소에서 찾은 그리운 반려동물을 쓰다듬듯 나는 조심스레 활을 잡았다. 활 한 번에 들꽃이 피었고 활 두 번에 풀벌레 소리가 났다. 아아~ 해금아! 이렇게 다시 널 만나는구나! 정말 그리웠어!

다시 악기를 잡고 아리랑을 연습하는 요즘, 단순한 감상이 아닌 주도적인 음악이 일상과 함께할 때 상승하는 삶의 질을 확인한다. 태곳적부터 감정을 표출할 무언가를 갈망한 인간에게 음악은 높은 만족감을 주는 도구다. 긴장을 완화하기도, 몸에 에너지를 주기도, 뇌를 활성화하기도 한다. 암소가 클래식 음악을 들을 때 더 많은 우유를 만들어낸다는 실험 결과도 있다. 굳이 암소를 찾을 필요 없이 나는 내 몸으로 임상 실험을 한다. 아니나 다를까, 해금을 연습할 때 나는 완화되고 에너지를 얻고 머리가 팽팽 돌아간다. 덕분에 외로운 8비트였던 네덜란드 생활이 16비트로 올라간다. 이놈의 빌어먹을 비도 세련된 운치로 변한다. 앞으로 다시 길을 떠나더라도 결코 해금을 놓고 갈 수 없을 것 같다.

활을 잡고 거침없이 당긴다. '15년 된 초보'답게 끼익끼익 귀를 찢는 소리가 난다. 그 소리는 심히 내 가족을 불편하게 하지만 정성이 듬뿍 담긴 소리인 걸 알기에 결코 불평하지 않는다. 침묵의 응원에 고조되어 일부러 내 연주를 과대평가한다. 15년 만에 잡았는데 이 정도 소리라니, 역시 난 절대음감의 천재라고. 이제 웬만한 유행가 연주는 시간 문제라고. 음표를 타고 질주하는 망상의 환희는 현재 삶에 닥치는 모든 분노와 응어리를 부드럽게 희석한다.

내 주변에 있는 음악의 흔적들을 본다. 거실과 침실 벽에는 각각 방탄소년단과 아일랜드 록 밴드 U2의 포스터가 붙어 있고 4개의 스피커가 집 구석구석에 있으며 악기로는 우쿨렐레와 피리, 미니 젬베와 바이올린이 있다. 거기에 해금이 합류한다. 이들과 함께 나는 호모 루덴스, 즉 유희하는 인간이 된다. '유희'란 단어를 쓰다니, 이제야 진정 사람이 된 것 같다. 음악이 있는 삶은 참 즐겁구나야. 그 덕에 우리 집은 말 그대로 '즐거운 우리 집', 나아가 '평화로운 우리 집'이 된다.

- 즐거운 곳에서는 날 오라 하여도, 내 쉴 곳은 작은 집 내 집뿐이리.

이렇게 작은 집에도 평화가 오는데, 세계는 어떠하리. 난 중얼거린다.

- 무릇 딴따라가 세상을 구할 거야.

나의 네덜란드

알고 보면 네덜란드는 잘난 나라다. 딱히 뒤처지는 분야가 없다.

축구 잘하는 거야 세상이 다 알고, 튤립 들판이 장관인 화훼 강국이고, 비록 먹거리는 비극이나 낙농국인 덕에 치즈 하나는 경이롭다. 필립스(Philps) 전자, 하이네켄(Heineken) 맥주, ING 생명, 유니레버(Unilever) 등 여러 대기업의 본사가 네덜란드에 있다. 조용히 여러 분야에서 골고루 강세를 보이는데, 예술도 예외가 아니다.

우선, 그 유명한 렘브란트(Rembrandt)와 빈센트 반 고흐(Vincent van Gogh)가 있다. 제아무리 미술에 문외한일지라도 이들의 이름을 한 번은 들어봤을 것이다. 고흐 그림은 우리나라 시골 이발소 벽에도 붙어 있지 않은가. 이들은 시작에 불과하다.

'진주 목걸이를 한 소녀' 그림으로 유명한 베르메르(Vermeer), 차가운 추상의 선구자 몬드리안(Mondriaan), 원, 계단, 도마뱀 등이 비현실적으로 반복되는 그림을 그린 에셔(Escher), 현대 추상화 중 가장 비싼(3,600억 원!) 그림의 주인공 윌렘 드 쿠닝(Willem de

Kooning), 우리나라에는 '미피(Miffy)'로 소개된 토끼 일러스트로 유명한 딕 부르나(Dick Bruna), 건축계의 노벨상이라 불리는 프리츠커상을 수상하고 서울 이태원에 위치한 리움 미술관 중 한 건물을 디자인한 건축가 렘 콜하스(Rem Koolhaas), 잠실 석촌 호수에 18미터 대형 노란 오리 설치물을 띄운 플로렌타인 호프만(Florentijn Hofman)까지, 그 리스트는 길다.

그뿐인가. 네덜란드 국립 오페라단(Dutch National Opera), 네덜란드 댄스 시어터(Nederlands Dans Theater) 등 공연 예술도 뛰어나고 심지어 아민 반 뷰렌(Armin Van Buuren), 마틴 갈릭스(Martin Garrix) 등 무수한 DJ를 배출한 전자 음악 EDM(Electronic Dance Music)의 성지이기도 하다. 철학자 스피노자(Spinoza)는 또 어떤가. 네덜란드의 무한하고 지루한 벌판을 보며 그 수평을 깨기 위해 사과나무를 심겠다고 했을까? 이렇게 미술, 건축, 디자인, 공연, 음악, 철학 등 당최 뭐 하나 빠지는 게 없으니, 칫, 그래 너 잘났다. 이들의 콧대가 달리 높은 게 아니다. 알고 보면 네덜란드는 참 재수 없는 나라다.

자, 이쯤에서 질문을 아니 할 수 없다. 대체 네덜란드는 왜 이리 잘났나? 이 잘난 나라에서 예술가로 살아남겠답시고, 즉 그림 팔아서 유로 좀 벌겠다고 꿈틀대는 나로서는 어느새 세 번째 겨울을 맞이한 이 시점에서 진지하게 고찰할 필요가 있다.

우리 동네 호수, Drawing by 옐로우덕, 2022

예로부터 네덜란드는 지리적으로 무역의 관문이었다. 북해를 끼고 영국을 바라보는 로테르담 항구는 세계 최대 규모로 유럽 해상 무역의 출구 역할을 했다. 자연스레 다양한 문화 교류가 가능했고 또 역사적으로 주변 강국들 사이에서 살아남기 위해 유동적인 스탠스를 취했던 탓에 타 문화에 배타적이지 않고 소수를 존중했다. 오죽하면 종교의 핍박에서 도망친 사람들이 다 이 나라로 모였을까. 국토의 25퍼센트가 해수면보다 낮아서 (최저 6.7미터나 낮다고 한다) 바다를 메꿔 땅을 만드는 간척 사업이 발달했는데, 그 과정에서 새로운 기술을 기꺼이 받아들이는 태도도 생겼을 거다. 이런 태도는 과감히 금기를 깨는 진보 성향으로 이어졌고 (지금은 상황이 많이 달라졌지만) 덕분에 여러 분야에서 다양한 인재가 나올 수 있었다. 솔직히 이 정도는 구글이나 나무 위키를 조금만 뒤지면 쉽게 알 수 있는 사실이다. 고로, 짧고 단순한 내 생각을 네덜란드인처럼 직설적으로 말해본다.

- 날씨가 이렇게 구린데 뭘 하겠어? 십중팔구 집에 처박혀 괴상한 생각에 골몰했기 때문이겠지.

싱거운 농담은 그만두고, 정작 내가 하고픈 중요한 질문을 던져보자. 과연 난 어떻게 이 나라에서 예술가로 살아남을까? 언제까지 살지 모르지만 그래도 남편의 고향이므로 언제든 정착지로 고려할 수 있는 나라다. 속절없이 3년의 세월이 지난 지금, 난 어떻게든 내 그림으로 이 바닥에서 엄지발가락 발톱 끝만큼이라도 디디려고 발악하고 있다.

앞서 〈어디서든 씩씩한 승연 씨〉 글에서 서술했던 '시문학의 밤(Nacht van de Poezie)' 행사를 기억하는가? 시 낭송을 했던 19명의 시인 중 1명만 빼고 모두 백인이었던 그 행사를. 그때의 상황과 지금의 상황에서 변한 건 없다. 나는 여전히 그때 썼던 것처럼 '이곳의 예술 학교 출신도 아니고, 언어도 안 통하고, 융복합이니 뭐니 미래지향적 예술이 주목받는 시대에 고리타분한 풍경 그림을 그리고, 젊은 라이징 스타도 아닌 기댈 곳 하나 없는 50대 키 작은 동양인 아줌마'다. 이보다 더 소수자일 수 없는 상황에서 예술가로서의 자리를 찾고 지속할 수 있을까란 불안 역시 변하지 않았다.

생각만으로도 숨이 턱 막히지만 솟구치는 이상한 오기에 주먹을 꽉 쥔다. 숨을 가다듬고 올해 해야 할 일을 적는다. 할 일이 태산이다. 웹진 만들기에 집중하느라 등한시했던 수채 색연필을 다시 잡고 무조건 그리고 또 그려야 한다. 또 그림을 무리 없이 설명할 정도로 네덜란드어 실력을 키워야 한다. 아무리 영어가 통한다지만 어느 순간 벽에 부딪칠 거다.

참가할 수 있는 아트페어 리스트를 만들고 좁은 갤러리 시장을 뚫을 네트워크를 찾아야 한다. 그 와중에 〈장르불문〉 웹진도 계속 만들 거고 글쓰기도 멈출 수 없으니, 허허, 이거 큰일이다. 1년 가지고는 모자랄 일 투성이 아닌가!

순간 내 천성인 냉소가 스멀스멀 고개를 든다. 아이고, 골치 아파. 그냥 다 때려치워? 대체 무슨 부귀영화를 누리겠다고 이 난리지? 뭘 그리 증명하고 싶어서?

산책, Drawing by 옐로우덕, 2023

며칠 전 아이를 등교시킨 후, 오랜만에 빼꼼히 고개를 내민 해가 반가워 학교 옆에 있는 호수를 산책했다. 코끝을 꼬집는 알싸한 겨울바람에 거북이처럼 어깨를 움츠리고 목도리에 얼굴을 묻었다. 그러다 기겁했다. 갑자기 호수에서 기어 나온 무언가 때문에. 웬 괴물인가 했는데 알고 보니 수영하고 나오는 할머니 세 분이었다.

세상에, 이 아침에, 이 추위에, 저 연세로 맨살을 드러낸 채 호수에서 수영을? 말로만 듣던 겨울 수영이구나. "신은 세상을 창조했고, 네덜란드인은 자신의 땅을 창조했다"더니, 겨울에 수영하는 저 의지, 저 강인함, 저 정신력!

순간, 잠시 냉소에 짓눌렸던 내 눈이 떠지고 일면 불식의 네덜란드 할머니 세 분으로부터 알 수 없는 큰 용기를 얻었다. 차가운 호수에 몸을 던질 용기는 없지만 이 비좁은 네덜란드 아트 시장에 출사표 한번 던져보겠다는 용기를. 그렇게 내 안에 스며드는 네덜란드를 느끼며 난 어깨를 쫙 펴고 성큼성큼 큰 발걸음으로 겨울바람에 맞섰다.

그리하여,

이 작지만 잘난 나라 네덜란드에서

씩씩한 승연 씨의 예술가로 살아남기 프로젝트는 계속된다.

50살 옐로우덕 승연 씨

에필로그

내 집은 어디인가?

끝내는 마당에 제목이 "내 집은 어디인가?" 라니. 이거 제대로 쓸 수 있을까? 너무 본질적이고 답이 없는 질문인데, 난 무슨 배짱으로 에필로그 제목을 이렇게 지은 걸까? 사실 이 질문은 지금껏 가장 많이 들었던 질문이다. 언제까지 여행할 거야? 어디서 정착할 거야? 또 떠날 거야? 결국 모두 같은 질문이다. "어디서 살 거야?"

다들 이렇게 묻는데, 솔직히 그 답을 제일 알고 싶은 사람은 바로 나다. 과연 어디서 살게 될까? 예전에 포르투갈에서 만난 한 프랑스 가족은 부동산 사이트에 올라온 어느 땅 사진을 보자마자 '여기가 우리 집이다!'라고 느꼈단다. 실제로 본 것도 아니고 그저 컴퓨터 모니터로 화질 나쁜 사진 한 장을 봤을 뿐인데, 하늘이 열리고 천상의 그분이 가라사대 이 땅이 네 땅이다 손수 콕 집어주셨단다. 그래서 바로 모든 걸 정리하고 포르투갈로 내려와 그 땅을 사서 7년 넘게 가꿨다고 했다. 아하, 장소도 첫눈에 반할 수 있구나. 그렇다면 우리에게도 그런 순간이 올까? 그래서 기다렸다. 땅 본답시고 여기저기 돌아다니며 기다렸다. 그런데 안 오더라. 기다려도 안 오고 찾아다녀도 안 와. 뭐야, 이거 사람 가리며 오는 거야? 우리는 자격이 안 돼? 이거 참 재수 없네! 난 이제 기다리지 않는다.

살면서 진지하게 내 집이 어디인가에 대해 질문한 적이 있는가? 대부분은 직장, 학업, 주머니 사정에 의해 사는 곳이 결정된다. 이런 외부적 요건은 비록 자발적이 아닐지라도 결정 자체를 쉽게 만드는 장점이 있다. 반면 고정된 직장 없이 자유로운 창작을 하는 우리는 이런 요건으로부터 자유롭지만 이런 자유가 꼭 좋은 것만은 아니다. 이건 마치 백화점의 장난감 진열대 앞에서 엄마가 준 오천 원을 손에 꼭 쥐고 너무 많은 장난감 중 무엇을 선택할지 몰라 쩔쩔매는 꼬마와도 같다. 그 프랑스 가족처럼 '여기다!'란 계시가 없는 한 반드시 여기여야 할 이유는 쉽게 생기지 않으니 말이다. 즉 결정이 어려워진다. 그래서 가끔은 결정을 쉽게 해주는 어떤 계기가 생기면 좋겠다는 바람을 가지기도 한다. (하지만 팬데믹은 사양한다.)

작디작은 내 세계에서 벗어나 세상을 돌아다니면 내가 얼마나 좁은 성 안에서 무지한 채 살았는지 알 수 있다. 세상은 공부할 것투성이고 그 공부는 하면 할수록 어렵다. 어쩌면 난 내 무지가 싫어서 돌아다녔던 걸 수도 있다. 결국 내 여행의 근간은 자기혐오일까? 싫은 내 모습을 만회하기 위해 '집'을 찾는다는 명목으로 돌아다닌 걸까? 시간이 흘러 이젠 제법 세상도 알고 내 모습도 사랑하지만 안타깝게 아직 '집'이라고 부를 만한 곳은 찾지 못했다. '어떤 계기'는 생기지 않았다.

한번은 미루의 학교 앞에서 하교하는 미루를 기다리는데 갑자기 이런 욕망이 밀려왔다.

- 네덜란드에서 오래 살 것 같지 않아. 앞으로 최소 10년은 더 돌아다니고 싶어!

난 상상에 빠졌다. 10년 후면 환갑인데, 환갑은 뉴욕에서 맞고 싶어. 코니 아일랜드 해변에서 핫도그를 먹으며 먼저 간 친구 크리스를 위해 경배를 들고, 최고로 구하기 힘든 티켓의 뮤지컬을 보고, 그랜드 센트럴 스테이션 한복판에 벌러덩 누워 경찰이 여기서 뭐하냐고 쫓아낼 때까지 천장의 별자리 장식을 보고, 브루클린 단골집이었던 '테라스 베이글'에서 블루베리 크림치즈 베이글과 필리 치즈 스테이크 샌드위치를 먹을 거야. 바로 옆 프로스펙트 (Prospect) 공원 벤치에 앉아 사람 구경하며 먹는 것도 좋겠지. 혼자만의 시간을 즐기다가 카밀과 미루가 합류하면 내 그림이 걸린 전시회가 열리는 첼시로 갈 거야. 갤러리 주인과 농담 따먹으며 사람들 반응도 보고 그림 앞에서 사진 찍어 SNS에도 올릴 거야.

여기까지 상상하는데 미루가 나왔다. 집으로 오는 길에 매매 표시 간판이 있는 집이 눈에 띄었다. 부동산 사이트에서 그 집 가격을 확인하니 구억 오천이었다. 다락 포함 방 5개, 137제곱미터 3층 집이 이 가격인 게 비싼 건지 아닌지 헷갈렸지만, 서울의 집값보다는 좋은 딜인 건 확실해 보였다. 돈벼락을 맞을 거란 가정하에 이 구억 오천짜리 집을 사서 환갑까지 사는 상상을 했다. 그리고 아까 상상한 뉴욕에서의 환갑과 비교했다. 후자가 훨씬 매력적이었다. 이렇게 구체적으로 환갑을 그리니 네덜란드에서 오래 살 것 같지 않은 느낌은 확신이 되었다. 남들이 뭐라 하든 계속 돌아다니면서 살 거라고. 인간의 확신이 얼마나 허무한지 수차례 경험했음에도 불구하고 그렇게 순진하게 다시 확신.

나는 짐 싸는 게 어렵지 않다. 미련을 갖지 않는 성격 탓에 장소나 물건에 대해 빠른 분리가 가능하다. 유럽 산골에서 기본도 안 되는 원시생활도 해본지라 핫 샤워와 세탁기만 있으면 사는 환경에 충분히 만족한다. 남에 대한 질투나 부러움도 별로 없다. 천성인지 뭔지, 아무튼 그렇다. 이 정도면 본 투 비 트래블러 아닌가?

인간의 모든 욕망이 함축되어 있는 집으로부터 과감히 자유롭고 싶다. 지금까지 쓴 글들을 가만히 살펴보면 결국 나는 많은 것들로부터 자유를 추구하는 것 같다. 자유가 밥 먹여주는 것도 아닌데, 그놈의 빌어먹을 자유. 하여, 난 내가 머무는 모든 장소를 내 집으로 만든다고, 어디서 살든 내가 있는 곳이 바로 내 집이라고 배포 있게 말한다. 이거 참 배짱 좋고 오만하구나. 여기까지 쓰고 보니 결론이 난다.

난 언제 어디서든 이방인이 될 준비가 되어 있었구나. '이방인'이란 정체성이 주는 수많은 현타와 불안과 절박함에도 불구하고 내 깊은 무의식 근본에서는 이미 이방인이 될 계획을 세우고 있었구나. 그랬구나. 다 계획이 있었구나.

길고 긴 자의식 과잉 이방인 타령을 이렇게 마친다. 자의식 과잉이라지만, 문득 나와 내 삶이 작다고 느낄 때 이 기록을 다시 펼치면 스스로를 토닥이는데 큰 힘이 될 것 같다. '그래도 애썼구나' 하며.

그리하여, 다시 프롤로그로 돌아간다.

안녕하세요.

전 여전히 한국인이고,

여전히 여성이며,

여전히 키가 작고,

여전히 남편과 딸아이와 살며,

여전히 곱창을 좋아하지만 없어서 못 먹어 안달인

73년생 소띠 최승연입니다.

더불어

예술가이며,

여행자며,

즐겁고 씩씩한 이방인 최승연입니다.

당신은 누구신가요?

끝.

SHARP
SHARP